お願《ねが》い！フェアリー♥
好《す》きな人のとなりで。

みずの まい
カタノ トモコ・絵

ねえ。
なんでも話せるひとって、　いる？
どんなに仲《なか》がよくても、
友だちには話せないこと、
お母さんには相談《そうだん》できないことって、
絶対《ぜったい》にあるよね。
でもね……。
わたしには、なんでも話せる
絶対の味方《みかた》がいるんだよ。
ね。フェアリー！

人《じん》物《ぶつ》紹《しょう》介《かい》

Fairy

水《みず》野《の》いるか

学年一のダメ小学生だが、
フェアリーにはげまされ、
日々がんばっている。
柳《やなぎ》田《だ》のことが大《だい》好《す》き。

柳《やなぎ》田《だ》貴《たか》男《お》

勉強《べんきょう》も運動《うんどう》もできる、クールな男の子。
じつは、とてもやさしい。ただし女心には
超鈍感《ちょうどんかん》。

西《にし》尾《お》エリカ

学校一の美少女。クラスの女《じょ》王《おう》的《てき》存《そん》在《ざい》。
柳田のことが好き。

笹《ささ》彦《ひこ》助《すけ》=ジジイ

じじくさいのでジジイとよばれている。
いるかのことが大好き。

白《しら》河《かわ》茶《ちゃ》美《み》子《こ》

いるかちゃんのクラスメート。柳田の隠《かく》れファン。

もくじ

小学生の五人にひとりが交際《こうさい》経験《けいけん》あり？

ちらり。また、ちらり。またまた、ちらり。

う～ん、気になる。

さっきから、なんなの？

わたし、水野《みずの》いるか。光陽《こうよう》小学校六年生。

いま、わたしは大好《だいす》きな時間をすごしている。

日曜日の昼さがり。

リビングのソファでねそべり、塩《しお》のきいたおせんべいをぱりぱりとかじりながら大好きな『怪人《かいじん》二十一面相《めんそう》』シリーズを読んでいる。

鍾乳洞《しょうにゅうどう》にとじこめられた少年探偵団《たんていだん》、その運命《うんめい》や、いかに⁉

興奮《こうふん》しながら食べるおせんべいって、なんでこんなにおいしいんだろう。

うーん、最高《さいこう》のひととき。

なのに……！

おなじくむかいのソファで雑誌《ざっし》を読んでいるお母さんが、さっきから、ちらり、ちらり、とへんな視線《しせん》をむけてきて、気になるんだよ。

しかも、お母さんはちらちらとわたしを見ながら、「まさかね」とブッとふきだした。

ひどい！

「ちょっと、お母さん！　人の顔見て、笑《わら》わないでよ」

「ごめん、ごめん。ちょっと、買い物に行ってくるわね」

お母さんはそういって雑誌をソファにおき、部屋をでる。

お母さんが家をでていくと、わたしはすぐにお母さんの読んでいた『女性《じょせい》ナイン』という雑誌を手にした。

ぱらぱらとめくる。

芸能人《げいのうじん》のうわさ話、ダイエット、アンチエイジング。

くだらないことしか、書いてない。

お母さん、もっと教養《きょうよう》を深める本を読みなよ。おせんべいばかり食べてダイエット、じゃないでしょ。

そのとき。

パラパラとめくっていたわたしの指がピタリと止まった。

ページの谷間には、さっき、お母さんがふきだしたおせんべいのかすがたまっている。

まちがいない。ここを読んで、わたしの顔をちらちら見て、最後《さいご》には笑《わら》ったんだ。

そのページには、小学六年生の女の子からすると衝撃的《しょうげきてき》すぎて、頭のなかがふっとぶようなタイトルが書かれていた。

『小学生の五人にひとりが交際経験《こうさいけいけん》あり！』

な、なにこれ。どういうこと？

わたしは興奮《こうふん》してぶるぶるとふるえながら、雑誌《ざっし》をにぎりしめる。

母親A《エー》の証言《しょうげん》

「うちのむすめは五年生です。日曜日にデートだからとでかけていきました。笑《わら》いながら見送ったのですが、わたしがそのあとでかけたら、公園でクラスの男の子とベンチにならんですわっていました。これって、やっぱり、デートだったんでしょうか？」

父親B《ビー》の証言

「小学生のむすこの机《つくえ》の上にある手紙を読んでしまいました。『他の女の子としゃべらないで。あなたの彼女《かのじょ》はわたしだけ』と書かれてあったんですが、むすこは小学生です。なにかがおかしくありませんか？」

そんな文章がならんでいて、最後《さいご》に体中の血が逆流《ぎゃくりゅう》するような、おどろくべきアンケート結果《けっか》が書かれてあった。

『小学生に緊急《きんきゅう》アンケート！　あなたは交際《こうさい》したことある？』

なんと！　十八パーセントが「イエス」と答えていた。

ばさり。

立ちつくし、手から雑誌《ざっし》がカーペットに落ちた。

交際経験《こうさいけいけん》。

それは、やわらかい言葉でいうと、きっと、「おつきあい」ってことだ。

以前《いぜん》、うちのクラスの手芸《しゅげい》くんこと宮島優《みやじまゆう》くんと、別《べつ》のクラスの味野《あじの》もと子ちゃんがそんなふうになって、光陽《こうよう》小学校創立以来《そうりついらい》はじめての歴史《れきし》がひっくりかえるような大事件《だいじけん》になったのに！

小学生でおつきあいって、それぐらい、キセキに近いめったにないことなのに！

ご、五人にひとり？

算数の苦手《にがて》なわたしでも計算できる。

五人にひとりって、え〜と、え〜と、うちのクラスでも、五、六人はいるってことで。

そんなにいるの？　だれよ？　だれ？

「いるかちゃん、本が落ちてるよ」

突然《とつぜん》、フェアリーがあらわれた。

この羽のはえた小さな子はフェアリー。

小さいのに、強い味方《みかた》。

どこからともなく急に登場するのはいいんだけど、消えるときもまたおなじっていうのがこまるかな。

はじめてフェアリーに出会った日もおどろいたけど、小学生の五人にひとりが交際《こうさい》って、こっちのほうが強烈《きょうれつ》かも～！

「いるかちゃん、どうしたの？　顔が興奮《こうふん》しているよ！」

「フェアリー、これ見て」

わたしは、雑誌《ざっし》を両手で持ち、記事をフェアリーにおしつけるように見せた。

「おせんべいのかすが、ぱらぱらと落ちているんだけど」

「そんなことはどうでもいいの！　五人にひとりがつきあってるんだよ」

「はあ？」

フェアリーはきょとんと記事を読んでいる。

ひょっとして、フェアリーって世の中の動きとか流行とか、あんまり知らないんじゃ

ない?

だとしたら、わたしもいままでフェアリーにたよりすぎていたかも。

こういう雑誌《ざっし》を読んで、もっといろんなことを勉強しないと!

ためになる情報《じょうほう》をゲットしないと!

「いるかちゃん、まさか、これを読んで興奮《こうふん》していたの?」

「そうよ」

わたしは、すっと髪《かみ》を指でといた。

「いるかちゃん、いつもとちがうね」

「この記事がわたしを目覚《めざ》めさせたの」

「め、目覚めさせた?」

「フェアリー、わからないの? 小学

生ってさ、だれかを好《す》きになっても、バレンタインとかクリスマスで男子になにかをあげるとか、それがせいぜいだと思ってた。つきあうとかって、本当に少しの子がすることだと思ってた。でも、五人にひとりなんだよ。冬にインフルエンザになるような確率《かくりつ》だよ。ということは……」

「ということは？」

「だから、その……」

いえない。その先が頭のなかでは想像《そうぞう》できてるけど、口にだせない。

「つまり、わたしも柳田《やなぎだ》くんとおつきあいしてもおかしくない」

「だめ〜！　いっちゃだめ〜」

わたしは小さなフェアリーの、これまた小さなお口をふさごうとした。

けど、フェアリーはするりとかわす。

「だって、そういいたかったんでしょ、いるかちゃん？」

「そうだけど」

柳田っていうのは、柳田貴男《たかお》のことで。

おなじクラスの子で、頭がよくて、なんでもできて、あ、芝居《しばい》と料理《りょうり》はだめだっけ（一巻《かん》と七巻を読んでね）、無愛想《ぶあいそう》だけど、かっこよくて……その……わたしの片思《かたおも》いの相手です。

「フェアリー、あくまでも五人にひとりだから。わたしと柳田《やなぎだ》がそこにあてはまるってわけじゃないから」

「だれがどう調査《ちょうさ》したか知らないけど、五人にひとりって、子どもだろうがおとなだろうが、読者の想像《そうぞう》をあおる数字だよね」

わたしはふたたび、さっきの記事を確認《かくにん》する。

フェアリーのいうとおりだ。

まさか五人にひとりに、このわたしと柳田があてはまるわけがない。

けど、五人にひとりってことは、わたしと柳田がそうなってもおかしくないってことでもあって。

あ！

お母さんが「まさかね」とわたしを見たのは、わたしがだれかとおつきあいするわけない！　って考えたんだ。

だから、笑《わら》ったんだ。

あの、ちらり、ちらりはそういう意味だったの？

くうう、くやしい。

わからないからね、お母さん。

五人にひとりってことは、可能性《かのうせい》はあるんだよ。

そうだ、可能性はないわけじゃない。あるんだ。

そこに気づくと、心の温度がたちまち急上昇《きゅうじょうしょう》しだす。

「いるかちゃん。いま、五人にひとりをいいほうに考えてるでしょ？」

「なんでわかったの？」

「顔、赤いもん」

フェアリーがにやにやと笑った。

だ、だって、この記事、強烈《きょうれつ》だって！　六年生の女の子だったら、いろんなこと考えちゃうって。

まさかのタイミングでふたりきり！

翌日《よくじつ》。月曜日。

その日は、いつもとまったく変わらない一日だった。

学校に行き、授業《じゅぎょう》がはじまる。先生の話はよくわからないけど、わかったような顔をしてすわりつづけ、給食《きゅうしょく》を食べる。

ところが昼休み。

恋《こい》の激流《げきりゅう》にわたくし、水野《みずの》いるかがほうりなげられるような事件《じけん》がおきた。

担任《たんにん》のバーコード（先生のあだな）が、わたしにいった。

「水野。帰るときに職員室《しょくいんしつ》に来てくれ。たのみたいことがある」

なんだろう。たのみたいことって。

先生になにかたのまれるなんてこと、いままでなかったから、ドキドキしてきたんだけど！

成績《せいせき》が悪くて怒《おこ》られるとか？　いや、たのまれるんだから、お説教《せっきょう》じゃないよね。

ええ？　なに？

そんなことばかり考えて午後の授業《じゅぎょう》、全然《ぜんぜん》集中できなかったじゃん！

あれ？　いつもかな？

そして、運命《うんめい》の放課後《ほうかご》。ランドセルを背負《せお》い、職員室《しょくいんしつ》にむかった。

すると、フェアリーがあらわれた。

「いるかちゃん、顔がこわいよ」

「だって、職員室に来なさいって、こわいよ！　緊張《きんちょう》するよ！」

フェアリーに自分の気持ちをうったえていると、うしろから「いるか」という声が聞こえ、同時にフェアリーが「あ！」とおどろいた顔をし、ぱっとすがたを消した。

フェアリー、登場したばかりなのに、なにドタバタしてるんだろう。

あれ？　いまの「いるか」って声は……まさか……？

立ちどまり、ふりむく。

やっぱり、柳田《やなぎだ》だった。こっちにむかって歩いてくる。

「ど、どうしたの？」

「どうしたの？　って。おまえ、いま、だれもいないのにしゃべってなかったか？」

「き、気のせいだよ」

「だって、口動いてたぞ」

「お、お口の運動だよ」

かなり苦しいごまかしかただけど、へへと笑って見せた。

柳田はへんなやつといいながらわたしの横を通りすぎ、廊下《ろうか》を歩き、階段《かいだん》をおりていく。

わたしも階段をおりる。

なんか、柳田のあとを追っているみたいだけど、職員室《しょくいんしつ》に行くときは、この階段をおりるしかないわけで。

しかも、この階段は昇降口《しょうこうぐち》よりも職員室《しょくいんしつ》に近い階段だから、つかう人はあまりいなくて。

おたがいの足音がひびく。

ふと、頭によみがえるきのうの記事。

小学生の五人にひとりがつきあっている……。

「ねえ、柳田《やなぎだ》、知ってる？」

「なにを？」

「え、ええと。五人にひとりってやつ」

「は？」

「だから、五人にひとりなんだって」

胸《むね》が破裂《はれつ》しそう。

「五人にひとりがなんなんだよ」

「そ、その、つまり……」

つぎの言葉が見つからないまま、一階《かい》に着いてしまった。

あれ、いまさらだけど、柳田、どうしてこの階段《かいだん》つかってるの？

「ねえ、柳田、どこに行くの？」

「おれも気になっていたんだけど。いるかはどこに行くんだよ」

「職員室《しょくいんしつ》」

「え！　おれはバーコードに呼《よ》ばれたんだけど、いるかは？」

「わたしも」

その瞬間《しゅんかん》、ある妄想《もうそう》でわたしの頭はいっぱいになった。

バーコードに呼《よ》びだされたわたしと柳田《やなぎだ》。

先生はいう。

『おまえたちに、たのみたいことがある。きょうからふたりはおつきあいしなさい。小学生の五人にひとりは、おつきあいしないといけないんだ』

柳田はおどろきながらも、『先生のたのみなら』とうなずいてしまう。

どうしよう！　そんな展開《てんかい》になったらわたし、どうすればいいの〜？

「いるか。職員室の前で、なにおどってるんだよ」

「え！」

しまった。

妄想していたら、職員室の前でほおを両手でおさえながら、足をばたばたと動かしていた。

「失礼《しつれい》しまーす」

柳田《やなぎだ》はさっさと職員室《しょくいんしつ》に入っていく。

ま、待って！

柳田のあとをせっせと追い、すわっているバーコードの前にふたりでならんだ。

「あのだな。これ、渡辺《わたなべ》のところに届《とど》けてくれ」

先生は、ここ一週間分のプリントをわたしたちに見せた。

渡辺くんって、下の名前は陽一《よういち》。

カメラクラブの子で、写真をとるのがすごく上手《じょうず》。

修学旅行《しゅうがくりょこう》のときは（十一巻《かん》を読んでね）、いい写真をたくさんとってくれたっけ。

そういえば、風邪《かぜ》をこじらせたとかでけっこう長く休んでるよね。

「渡辺の家は、水野《みずの》と柳田《やなぎだ》が一番近い。どっちにたのもうか考えていて、まあ、ふたりで仲良《なかよ》く行ってもらうことにした」

ふたりで仲良く……。

その先生の言葉を聞いた瞬間《しゅんかん》、ピンク色のベールに包《つつ》みこまれた気持ちになる。

わたしはいままでバーコードのことを、ありきたりでふつうで、つまらないおとなだと思っていた。

お母さんはよく「生徒《せいと》の人気をとろうと、おもしろおかしいことばかりいってる先生より、ふつうの常識的《じょうしきてき》な先生のほうがずっといいわ」っていってるけど、わたしはもっと若《わか》くておもしろいおとなが担《たん》任《にん》だったらって考えていた。

でも、この瞬間わたしは、この人が担任でよかった！　と、熱く心のなかでさけんだ。

さらに……。

「わかりました。水野《みずの》とふたりで届《とど》けます」

柳田《やなぎだ》が、先生からプリントを受けとる。

いま、はっきりと口にしたよね。

水野《みずの》とふたりで届《とど》けます。ふたりで、って……！

なんだろう、このどっくん、どっくんと、あまく音をたてるわたしのハートは。

なんで、こんな音がしちゃうの？

すると、先生がいった。

「水野、どこか悪いのか？　鼻のあながふくらんでいるぞ」

「え！」

しまった！　職員室《しょくいんしつ》でにやけてはいけない、はしゃいでもいけないと思いながらも興《こう》奮《ふん》していたら、鼻息があらくなっていた！

まわりの先生たちのクスクスという小さな笑《わら》い声が聞こえる。

はずかしい～！

「じゃあ、失礼《しつれい》します」

柳田《やなぎだ》はクールに先生に背《せ》をむけ、さっさと職員室をでようとする。

「ま、待って～」

わたしは一生懸命《いっしょうけんめい》あとを追った。

五人にひとり。

また、あの記事が思いだされる。

柳田《やなぎだ》の背中《せなか》に、「五人にひとりになろうぜ、いるか」と、書かれている気がした。

そして、わたしと柳田は、すごく自然《しぜん》な流れで、一緒《いっしょ》に帰ることになった。

家が近いから、朝、学校に来る途中《とちゅう》で一緒になることはときどきあるんだけど、ふたりでこんなふうに昇降口《しょうこうぐち》で靴《くつ》をはいて一緒に帰るなんてことは、よく考えたらいままでなかったかも。

バーコード、ありがとう！　えらい！

そのとき。

「柳田くん」

ぎくり。その声は……？

やっぱり、西尾《にしお》さんだった〜！

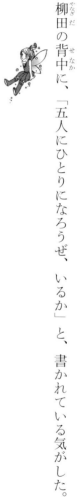

この人は西尾《にしお》エリカさん。
美人で頭がよくて、なんでもできちゃうスーパー女子小学生。
柳田《やなぎだ》とおなじ、エリートしか入れない塾《じゅく》に通っている。
なんで、こんな人と、おなじ男の子を好《す》きになっちゃうのよ～！
と、いままで百回ぐらいは心のなかでさけんでいる。
「ねえ、柳田くん。塾のスケジュールが急に変《か》わったこと、どう思う？」

くうう。

そういう、自分たちにしかわからない会話をわざわざわたしの前でして〜!

「わるい、西尾《にしお》。塾《じゅく》の話は塾で。いまからいるかと、先生にたのまれた用事があるんだ」

柳田《やなぎだ》がはっきりそういうと、西尾さんの顔が一瞬《いっしゅん》止まった。

柳田はクールな男の子。

だから、なにも考えずにいっただけ。

だけど、柳田にとってはそうなんだけど、わたしにとっては、ちょっぴりうれしかったりして。

いや、ふつうにうれしいかな?

いやいや、ここは素直《すなお》に認《みと》めよう。

かなり、うれしい!

「じゃあな、西尾」

「じゃあね、西尾さん」

わたしと柳田は、昇降口《しょうこうぐち》をあとにした。

なんだか、きょうは、いつもとちがう。

あのバーコードがわたしと柳田《やなぎだ》をふたりきりにさせてくれて、しかも、いつもは西尾《にしお》さんにこてんぱんに負けちゃうのに、そうもならなかった。

となりの柳田の顔を見た。

五人にひとり、近づいている？　そんな、まさか!?

「渡辺《わたなべ》の家ってさ、よく考えたら、おれといるかの家と方角はおなじだけど、近くはないよな」

「え？　そうなの？　あれ、渡辺くんの家ってどこ？」

「おまえ、知らないで引きうけたのかよ」

「う、うん」

しまった！　柳田とふたりきりだってことで頭がいっぱいで、そこ、全然《ぜんぜん》考えてなかった。

「あいつの家、学区ぎりぎりで、すぐ近くにはクラスのやつ、だれも住んでないよ」

「へえ」

と、いうことは、かなり長いあいだ、柳田《やなぎだ》と歩いていられるのかな？

渡辺《わたなべ》くん、遠くに住んでいてくれてありがとう。

なんだか、いろんな人たちが、わたしの恋《こい》に協力《きょうりょく》してくれているみたい。

「楽しそうだな、いるか」

「だって、柳田と……うっ！」

まずい。

柳田と一緒《いっしょ》だもんっていいそうになった。

あわてて自分の口をふさぐ。

「なんだよ、いいたいことあるなら、いえよ」

「べ、別《べつ》に～。ふふふ～」

へらへら笑《わら》ってごまかすと、柳田は首をひねる。

あれ？　なんで、口をふさがなきゃいけなかったんだろう。

別にふさがなくてもよくない？

柳田と一緒だもん、だから楽しいんだもん。

って、いってもおかしくないよね。

そうだよ、いってもよかったんだよ！

「なんだよ、今度は急にくやしそうな顔になって。いるか、きょう、へんだぞ。あ、いつもへんか。信号《しんごう》わたるから気をつけろ」

なに、そのいいかた。ひどすぎる！

いっておくけど、柳田《やなぎだ》がわたしをへんにさせているんだからね！

そうだ、「好《す》き」って一度でいいからいいたいのにいえない、この切ない気持ちが、わたしをへんにさせているんだ。

そういうの、もうそろそろわかってよ！

そして、信号《しんごう》をわたり、道を歩きつづけ、いつもなら柳田もわたしも曲がるところをとおりすぎ、渡辺《わたなべ》くんの住むマンションに着いた。

「たしかに、遠かったね」

「だろ」

渡辺くんの住むマンションは十階建《かいだ》てで、どっしりしているけど古いタイプのマンションだった。

どうして古いっていうのがわかるかというと、新しいタイプのマンションって建物《たてもの》に入るときに部屋番号のボタンをおすとか、そういうめんどうくさい作業《さぎょう》があるんだけど、なにもしないで自動ドアをくぐれたから。

エレベーターにのろうとすると、掃除《そうじ》をしている管理人《かんりにん》さんがいた。

白髪《しらが》まじりの、どこにでもいそうなおじさんだった。

「こんにちは」

あいさつしてみた。

「ああ、こんにちは。どこの階《かい》？」

「十階の、渡辺《わたなべ》くんのおうちに」

「そう、いってらっしゃい」

エレベーターが来たので、わたしと柳田《やなぎだ》は乗りこんだ。

ドアがしまり、上にのぼっていく。

「意外だなあ。いるかって、知らないおとなにすっとあいさつとかできるんだ」

「あ、そういえば」

自分でもおどろく。

いつもの自分だったら、知らない人にすぐに「こんにちは」なんて絶対《ぜったい》に無理《むり》。

なんだか、きょうのわたしはいつもとちがう。

小さなラッキーがつづき、そのせいで、いつもより積極的《せっきょくてき》になれている。

エレベーターが十階《かい》に着き、柳田《やなぎだ》がおりたのでわたしもついていく。

外廊下《そとろうか》なので、景色《けしき》が見えた。

十階って高い！

まわりの家の屋根《やね》も、木も、真上から見えるよ。

「お、ここだ」

柳田が「渡辺《わたなべ》」と書かれた表札《ひょうさつ》のわきにあるチャイムをおした。

ピンポーン。

しばらくすると、ドアが少しだけあき、そのすきまから「は……い」と、あのやたらと間《ま》をとる独特《どくとく》のしゃべりかたが聞こえてきた。

「渡辺《わたなべ》か」

「あ……柳田《やなぎだ》」

柳田のうしろからのぞきこむと、渡辺くんはマスクをしていた。

「みず……のも？」

「具合どう？」

「せきと鼻水が、治《なお》らなくて…ごほん、ごほん！学校は……もう少ししてから行きなさいと……お医者さんがいってた」

うわあ、なんか大変《たいへん》そう。

でも、渡辺くんのしゃべりかたって、ふだんから間《ま》をたっぷりとるゆっくりモードだから、声だけ聞いているといつもと変《か》わらない。

「先生が、これ、わたせって」

柳田《やなぎだ》はランドセルから算数のプリントと給食《きゅうしょく》の献立表《こんだてひょう》、来月の予定表などをわたした。

「わざ……わざ、ありが……とう」

「じゃあな」

「おだいじに」

渡辺《わたなべ》くんはそっとドアをしめた。

「そのうち学校に来られるだろう。よし、これで任務《にんむ》終了《しゅうりょう》だな」

柳田は満足《まんぞく》そうだった。

でも、わたしはちがった。

だって、任務終了って。

わたしにとっては、柳田とふたりきりがおわりってことでさ。

急に、がっくりしちゃう。

「よし、帰ろうぜ。え……どうした、いるか？」

歩きだそうとした柳田が立ちどまる。

「さびしい」

口にした瞬間《しゅんかん》、あ、と思った。

わたし、すごいことといってしまったんじゃあ。

そこに気づくと心臓《しんぞう》が、どくん、どくんと小さく鳴りだす。

でも、そう思ったんだから、本当なんだから、別《べつ》にこれはこれでいいんじゃない？

ひらきなおってみたものの、やはり、心臓のどくんどくんは止まらない。

なのに……。

「仕方ねえだろ。渡辺《わたなべ》、せきしているんだから。治《なお》ったら、好《す》きなだけしゃべってもらえよ」

へ……。

「ほら、行くぞ」

柳田《やなぎだ》が歩きだす。

ち、ちがうよ。さびしいのは、柳田ともっとふたりでいたいってことで、渡辺くんとおしゃべりしたいわけじゃないんだよ。

気づけよ、おまえ〜！

心のなかで、思わずきたない言葉でさけんでしまった。

「さっさと来いよ」

エレベーターが来て、柳田《やなぎだ》がドアをあけておいてくれた。

さっさと歩いてるけど、わたしはあなたより足が短いんです！

息を切らしてエレベーターにのりこむと、柳田が一階《かい》のボタンをおしてくれた。

しゅーっとドアがしまる。

「そうだ。家にプリンあった。帰ったら、食おう」

柳田は楽しそうだった。

なによ、わたしとお別《わか》れするのに、にこにこしないでよ。

なにが、プリンよ！

そのとき。

ガクン！

「うわ！」

「なんだ？」

わたしと柳田《やなぎだ》は同時におどろき、声をだした。

バランスがくずれ、おっととと、柳田の腕《うで》につかまる。

天井《てんじょう》についた蛍光灯《けいこうとう》の明かりがぱっと消え、暗くなった。

「な、なに？　なんで電気消えちゃうの？　なんで暗いの？　どうして、ええ？」

「うるせえな、落ちつけ」

「うるせえなって、うるさくするよ。こわいよ！　暗いよ！」

わたしはパニックになり、つかんでいる柳田の腕を、神社《じんじゃ》でおさいせんをあげるときに鳴らす鈴《すず》みたいに、ゆらしたり、ふったりした。

「いてえよ。おい」

柳田が逆《ぎゃく》の手で、エレベーターのドアの上のほうを指さした。

ドアの上半分ぐらいだけ明るくて、まんなかのすきまから、光がさしている。

「な、なにこれ？　ねえ、柳田、このエレベーター動いてないよ！　止まってるよ！

柳田、ちゃんと、一階《かい》おした？」

「おしたよ。おしたけど、さっきまで動いてたけど、止まったんだよ」

「止まった？　エレベーターが？　どうすればいいの？」

「どうすればって、こういうとき、どうするんだっけ」

柳田《やなぎだ》は目をこらし、操作《そうさ》ボタンを上から下まで観察《かんさつ》して、

「これか？」

と、いきなりあるボタンをおした。

それは1とか8とかの階数《かいすう》をしめすボタンの上にあり、かすかな光をたよりに目を近づけると、電話の受話器《じゅわき》のマークがかかれていた。

「○×テクノサービスです。どうされました？」

え！　この声だれ？

どこから聞こえてくるの？

すると柳田はそのボタンの上に口を近づけた。

「エレベーター、止まったんですけど。どうすればいいんですか？　はい、はい」

柳田、だ、だれと会話してるの？

なに、この方法《ほうほう》？

柳田《やなぎだ》は必死《ひっし》に、いや、どちらかというと冷静《れいせい》に、会話をすすめている。

「はい。小六です、友だちと一緒《いっしょ》です。合計で小六がふたりです。いいえ、このマンションの住人ではないです。友だちがここに住んでいるんです。はい……はい……」

柳田が、謎《なぞ》のおとなと話をしていると、ドアの上の光がさしこんでくるあたりから声が聞こえてきた。

おじいちゃんたちの会話みたい。

「急にテレビが見えなくなったんだが」

「うちもだよ。固定《こてい》電話もだめだ。これ、停電《ていでん》か？」

停電！

その言葉が聞こえると、柳田はわたしを見てうなずいた。

どうやら、柳田も謎のおとなから、おなじことを聞かされたみたいだ。

柳田がわたしに声をだせと手で合図した。

そ、そうか。

「あたしたち〜、エレベーターにのってま〜す」

すると、足音が聞こえ、こっちにやってきた。

「だれか、のってるのか？」

「はい、のってます！」

おじいちゃんの問いかけに大きな声で答えた。

上のほうからおじいちゃん同士《どうし》の「どうすればいいんだ？　警察《けいさつ》か？」「いや、とりあえず、階段《かいだん》でおりて、管理人《かんりにん》に伝《つた》えよう」という会話が聞こえてきた。

なんだか、この人たちもパニックになってるみたい。

すると、柳田《やなぎだ》が「ふう」とボタンがならんでいる場所から顔をはなした。

謎《なぞ》のおとなとの話がおわったようだ。

「だれと話してたの？」

「このエレベーターの管理会社だよ。停電《ていでん》だから、そのうち動くって。ここが電話でいう受話器《じゅわき》みたいになっているんだ」

柳田が、さっき口を近づけていたところにふれた。

「そのうちって、いつ動くの？」

「おそくても十五分、はやければ、数分後だって。大きな停電《ていでん》じゃなくて、このマンションだけかもしれないってさ。まあ、電気がつけば、自然《しぜん》に動くさ」

「そ、そんな、のん気な！」

すると、柳田《やなぎだ》が急に腰《こし》を落とし、わたしに目線をあわせた。

顔を近づける。

え……。こ、こんな非常事態《ひじょうじたい》になに？　というか……この小さな空間には、ふ、ふたりだけしか、いなくて。

や、柳田は、お、男の子で。いや、そんなことはありえない。

ギュッ。

柳田がわたしの両肩《りょうかた》をつかむ。

「いるか、深呼吸《しんこきゅう》しろ」

「は？」

「いいから」

「う、うん」

いわれるまま、すーはーすーはーと呼吸《こきゅう》した。

「少しは落ちついたか」

「え、ま、まあ」

なんだ、そういうことか。

す、すごい、ばかな方向でパニックになっていたかも。

柳田《やなぎだ》はランドセルをおろし、おしりをついてすわりだす。

「いるかもすわれよ、疲《つか》れるぞ」

「う、うん」

わたしも柳田とおなじようにする。

すると、上からまた声がした。

「お～い、だいじょうぶか？　けがはないか？」

この声、さっきの管理人《かんりにん》さんじゃないかな？

「だいじょうぶです。なにも問題《もんだい》なし。待ってれば、動くんですよね？」

「いまエレベーター会社から電話あったんだけど、ここの子じゃないんだろ？　両親に連絡《れんらく》するから、名前と電話番号教えてくれないか？」

え？　お母さんに電話？　なんか、いやだ！

「いいですよ。そんな、大げさなことしなくて」

「そ、そうです。やめて。そのうち動くんだから」

わたしも、柳田と同意見。

すると、どこかから、「管理人《かんりにん》さ〜ん、こっち来てくれ」と聞こえ、「なにかあったら大声だしてね」と、管理人さんはどこかに走っていった。

足音がひびく。

「大変《たいへん》だな、あのおじさんも」

「こわいけど、大さわぎになってもいやだよね」

「こわいか、いるか」

「え？」

「だって、いま、こわいって」

「柳田《やなぎだ》はこわくないの？」

そうだ、柳田はやたらと、さっきからてきぱきというか、冷静《れいせい》っていうか。すごいよね。

「そりゃ、こわいけど……」

柳田はあごに指をあて、少し考えていた。顔をあげる。

「そっか」

ふと笑《わら》った。

「な、なにひとりで笑《わら》ってるの？　こんなときに」

「いや、おれ、あんまりこわくないのは、いるかがいるからだ」

「え……」

「いるかがいなくて、ひとりだったら、こわかったよ」

暗い箱のなかに、床《ゆか》に、ひとすじの光がさしている。

柳田《やなぎだ》、わたしといると、こわくないの？

だったら……。

「わ、わたしもこわくないよ」

「え？」

「や、柳田がいるもん」

暗いなか、柳田と目があった。いや、そういう気がした。

どくん。心臓《しんぞう》が鳴る。

「そうだな。ふたりでいればこわくねえな」

どくん。もう一度心臓が鳴る。

停電《ていでん》って緊急事態《きんきゅうじたい》なんだろうけど、わたしの心もおなじように緊急事態かも。

いままで柳田《やなぎだ》とふたりで行動したことは何度かある。

だけど、本当に、ふたりきりってあったかな？

こういうの、密室《みっしつ》っていうんだよね。

学校までふたりで歩くのと、密室で、暗がりでふたりきりとは全然《ぜんぜん》ちがうよ。

「いるか。ここをでたらなにしたい？」

「え？」

「こういうパニックのときって、ここをでたらなにをしたいかって考えると、はげみになるんだって」

なにしたい？

柳田のその質問《しつもん》に、わたしの頭のなかはぐるぐるとまわりだす。

ええと、そうだ。

『怪人《かいじん》二十一面相《めんそう》』を図書館に返さないと。待っている子がつぎにいるから期日を守ってねって、借《か》りるときに係の人にいわれたっけ。

それと、お母さんにコップ事件《じけん》をあやまらないと。

コップ事件っていうのは、二年生のとき、だれもいないときに家のコップを手から落として割《わ》っちゃったんだけど、帰ってきたお母さんに、風が吹《ふ》いてテーブルから落ちたってうそついたんだ。

あれはやっぱり、あやまっておくべきだ。

あとは、はなれて暮《く》らしているお兄ちゃんにも電話とかしてみようかな。

あれ、これってやりたいことなの？

なんだか、やりのこしたことって感じじゃない？

これじゃ、いまいち、はげみにはならないよね。

「柳田《やなぎだ》はなにしたいの？」

「おれ？　おれはそうだな、プリンだな」

柳田が笑《わら》った。

それはおかしいのではなく、わたしにこわい思いをさせないように、はげまそうと、守ってくれようとしている笑顔《えがお》だった。

それがはっきりとわかり、胸《むね》があまく、しめつけられる。

暗い箱のなか。

ひとすじの光。

まるで、世界《せかい》と遮断《しゃだん》されているみたい。

わたしと柳田《やなぎだ》と、ふたりだけの世界。

光にあたらないところにいるから、柳田の表情《ひょうじょう》はわからない。

けど、その声だけで。

柳田がここにいるという温度だけで。

柳田の優《やさ》しさが伝《つた》わってくる。

「いるかがここをでてしたいことは、そうだな、『怪人《かいじん》二十一面相《めんそう》』か？」

すると、神様にいたずらでもされているかのように、自分の口が動いた。

「ちがう」

「じゃあ、なんだ？」

「五人にひとり」

「え？　あれ、おまえ、それさっきもいってたよな」

「小学生って、五人にひとりはおつきあいしているんだって」

自分でも、なにをいっているのかわからなかった。

なにをいっているのかわからないけど、心臓《しんぞう》だけは、どくん、どくんと音がしていた。

「は？」

柳田《やなぎだ》は、わたしが口にしたことの意味がわからないようだった。

「ここをでたら、したいことだよね」

「なんだ？　なにしたいんだよ」

「してみたいことだよね」

小さな声でくりかえす。

「なんだよ、いえよ」

その柳田の声はすごく優《やさ》しくて、暗闇《くらやみ》のなかで聞いていると、胸《むね》がじんとして、涙《なみだ》がでそうになってくる。

気がつくと、わたしは小さな子どもみたいな気持ちになって、地面に指で絵をかくようなポーズをしていた。
そして……。
「お、おつきあい……ってしてみたい……ような……」
え……。
いま、わたし、なんていった？
なんか、ちょっとおかしなこと、口にしなかった？
けど、口がちゃんとまわってなかったし、もごもごしていたから聞こえてないよね。
でも、ちゃんとまわらなかったけど、声にはなってしまった気もして。
けどさ、もし、声になっていたとしたら、柳田《やなぎだ》に聞こえていたとしたら。
どうしよう。
こわくて柳田の顔を見られない。
下をむきつづけるしかない。
柳田の反応《はんのう》が聞こえない。
柳田、急になになにもしゃべらなくなったんだけど。

暗いだけじゃなく、エレベーターのなかがしんと静《しず》まってしまった。
これって、ものすごく、取りかえしのつかないことになってしまったんじゃあ……。
そのとき。
「そ、そうだな。そうするか」
しんと静まったなか、はっきりと聞こえた。
小さいけど、まちがいなく柳田《やなぎだ》の声だった。
うそ、信《しん》じられない。
そうするかってO《オー》K《ケー》ってこと？
お、お、お、おつきあいしちゃうってこと？
夢《ゆめ》なんじゃない？　でも、夢なら、さめないで。
ぱっと電気がつく。
え？　夢、さめちゃった？
そして、ガクンとエレベーターが動きだした。
わたしは「あわわ」と床《ゆか》に手をついたけど、そのあと立ちあがった。

柳田《やなぎだ》もゆっくりと立ちあがる。

あっというまに、一階《かい》におりてしまった。

プシューとドアがひらく。

管理人《かんりにん》のおじさんが、「ああ、よかった」とわたしたちを見て胸《むね》をなでおろしていた。

わたしは横目で柳田を見た。

すると、柳田も横目でわたしを見ていて、目があうとぱっと視線《しせん》をそらした。

心臓《しんぞう》が熱《あつ》く音を立てる。

まちがいない。

わたしのあのもごもごとした「おつきあいってしてみたいような」という声は柳田に届《とど》き、柳田は「そうするか」と答えてくれた。

そして、わたしたちは、止まったエレベーターから無事《ぶじ》に脱出《だっしゅつ》できた。

ということは……。

ここから、水野《みずの》いるかと、柳田貴男《たかお》は……。

え～！　どうしよう～！

しあわせすぎて、もう大変《たいへん》！

翌朝《よくあさ》。
いつもは七時にお母さんにおこされ、たらたらと身支度《みじたく》をするわたし。
ところが……。
ぱっと目が覚《さ》め、時計を見ると六時だった。
カーテンをあけると東のほうから朝日がのぼりだしていた。
赤く、かがやいている。
ぎゅっとカーテンをにぎりしめた。
この朝日は、わたしを応援《おうえん》してくれている。
わたしの人生の門出《かどで》を祝《いわ》ってくれている。

うわあ、「門出《かどで》」なんて、朝からむずかしい言葉をつかっちゃった。

でも、これからの水野《みずの》いるかには知性《ちせい》も必要《ひつよう》かもしれない。

ダメ小学生のままではいけないかもしれない。

だって、だって、だって、だって、わたしは柳田《やなぎだ》とお、お、お、お、おつきあいすることになっちゃったんだから。

うわあ、心のなかでいっちゃった。

ここは思いきって！

「み、水野いるか、柳田貴男《たかお》とおつきあいします」

うわあああ！

小さな声でも口にしてみたら、体中が熱《あつ》い！

もう、やけどしそう！

興奮《こうふん》してベッドにダイブする。

ベッドがボンボンとはねる。わたしの心もおなじ動きをする。

どうしよう。きょうから、どんな顔で学校に行けばいいんだろう？

どんな生活が待っているんだろう。

なんか、もう、どうやって息を吸《す》って、どのタイミングで吐《は》くのかもわからないんだけど〜！

「るるる〜、ららら〜♪」

しまった、よくわからない歌とか歌ってる。

どうしよう〜ったら、どうしよう〜。

「いるかちゃん、だいじょうぶ？」

フェアリーが心配している顔であらわれた。

こんなにおめでたい日なのに、フェアリーの顔は青い。

「やだ、フェアリー。フェアリーこそ、どこか悪いの？」

「だって、いるかちゃんが……」

フェアリーの視線《しせん》を追い、自分を見る。

はっ！　と、われにかえった。

なんと、気がつかないうちに、ベッドの上でおふとんを自分の体にロールケーキのように巻《ま》きつけていた。

こんな、遊び、四年生でおわりでしょ！

「おほほほほ」

わたしは体に巻いていた布団《ふとん》をはぎとり、ベッドからおりて、せっせとベッドメーキングをした。

「いるかちゃん、それ、いつもお母さんにやってもらってない？」

「もうおとなにならないと。なんたって、お、おつきあいするんだから」

きゃあ、ベッドメーキングしながら、またもや、口にしちゃった。

でも、ひとりでつぶやくのと、聞いてくれる相手がいて、声にするのとは全然《ぜんぜん》ちがう。

すると、フェアリーがわたしをじっと見つめる。

「いやだあ、フェアリーったら聞いてたの？　はずかしい」

興奮《こうふん》して、どこかのおばさんのように手でなにかをたたく動作《どうさ》を何度もくりかえす。

「聞いてた？　って、いるかちゃん、聞こえるように伝《つた》わるようにいってたよね」

「そんなことないよ～。はずかしくてだれにもいえないよ～。けどね、世界中《せかいじゅう》の人に大声でいいたい気持ちもあるんだ～」

もう、自分でもなにをいっているのかわからなかった。

フェアリーは唖然《あぜん》として、じっとわたしを見つめている。

服を着がえて一階《かい》におりると、前髪《まえがみ》にカーラーをつけ、リビングでコーヒーをのんでいたお母さんは「きょうって、特別授業《とくべつじゅぎょう》だっけ？」といきなり立ちあがり、朝ごはんの支度《したく》をしようとした。

「ちがうよ、お母さん」

「え？」

「わたし、生まれかわったの。もうダメ小学生じゃないの」

お母さんは口をあんぐりとあけ、ささっとこっちに来て額《ひたい》に手をあてた。

わたしの具合が悪いと思っているようだ。

わかってないなあ。

お母さん、わたしはもうただの小学生じゃないの。

五人にひとりなの。

お母さんの読んでいた雑誌《ざっし》にのってる子たちと一緒《いっしょ》なの。

柳田《やなぎだ》と、おつきあいしちゃうんだからね。

うちのいるかに、そんなことあるわけないって思ってるようだけど、もうわたしはお母さんの知らないいるかなの。

心のなかでひっそりと、お母さんに説明してあげた。

「いってきま～す」

家をでる。

百回もブラッシングしたから、キューティクルつやつやの髪《かみ》が朝の風になびく。

柳田《やなぎだ》、いないかなあ。

きのう、エレベーターからでてふたりきりで帰ったときは、いままでに感じたことのない空気がわたしたちを包《つつ》んでいた。

柳田はとまどっていた。

きっと、おれはいるかとおつきあいするんだって、急に緊張《きんちょう》しちゃったんだ。

それはわたしもおなじ。

柳田とおつきあいするんだって思うと、急になにを話していいのかわからなくなった。

でも、家に着き、わたしが「じゃあね」というと、柳田は「ああ」といってくれた。

とまどいながらも目を見てくれた。

いままでと全然《ぜんぜん》ちがった。

うまくいえないけど、このとまどいというものが、わたしたちのあいだの空気に色をつけだした。

ふたりで歩くとか、「じゃあね」「ああ」とか、そういった単純《たんじゅん》で小さなやりとりが、とまどい感がプラスされると、いままでとまったくちがったものになる。

おつきあいしたいような……ってもごもごと声にしてしまったときは、わたし、なにいってるのって自分で自分にびっくりしたし、だした声を引っこめたくもなったけど、あれはきっと、神様がいわせてくれたんだ。

わたしをしあわせにしてくれるために、いたずらしてくれたんだ。

そして、わたしたちにとまどいという色をあたえてくれたんだ。

な～んて、調子いいかな。

けど、びっくりするぐらいの突然《とつぜん》のしあわせって、自分で自分に無理《むり》やりでも理屈《りくつ》をつけないと、気持ちも体もくるくるまわりすぎてどうにかなっちゃいそうなんだよ。

でも、この調子で、おつきあいしているふたりとして会うと、どうなるんだろう。

とまどうのかな？

それとも、柳田《やなぎだ》、とまどうのにだんだんイライラしだして、会った瞬間《しゅんかん》、ぱっと手とかつながれちゃうとか！

『柳田、それはよくないよ。登校中なんだから』

『いいさ。いいに決まってる。きのうはとまどいすぎていた。このぐらいしないと』

柳田《やなぎだ》はわたしの手をはなしてくれない??

登校中のみんながわたしたちを見て、「キャー」とさわぐ。

やだあ、はずかしい。

って、ばか、いるか。妄想《もうそう》しすぎ！

考えすぎ！

するとふたたび、フェアリーがあらわれた。

「いるかちゃん、ここ、部屋じゃないから。外だから、道だから」

「へ？」

まわりを見ると、登校中の小学生やゴミをだそうとしているおとなが、わたしに奇妙《きみょう》な視線《しせん》を送っていた。

まずい！

「いるかちゃん、ちょっと舞《ま》いあがりすぎているから、少し落ちつこう。このままだとへんな子に思われたり、転んだりしそうだよ」

「別《べつ》にへんな子に思われてもいいいな」

「え？」

「なんかさ、わたしは柳田《やなぎだ》とおつきあいしているんだっていうのがあると、別《べつ》にへんな子に思われてもいいよ。転んでも、柳田とおつきあいしているんだよって三回となえれば、痛《いた》みなんて飛《と》んでくよ」

「えええ！」

フェアリーは羽をばたばた動かし、ものすごくおどろいていた。

「柳田、いないかな？」

登校中の子はたくさんいるけど、柳田のすがたはなかった。

視界《しかい》のかたすみに、フェアリーの心配そうな顔があった。

一時間目の授業中《じゅぎょうちゅう》。
前のほうに柳田《やなぎだ》のうしろすがた、ううん、わたしとおつきあいしている柳田の背中《せなか》が見える。

思えば長い道のりだった。

五年生のころなんて、全然《ぜんぜん》話せなかったし。

それが、まさか、あんな大胆《だいたん》なことをぽろりと口にし、ＯＫ《オーケー》してもらえるなんて。

なんか、いえちゃったんだよね、あのとき。

きっと、表情《ひょうじょう》が見えにくい、ふたりだけのとざされた世界《せかい》っていうのが味方《みかた》してくれたんだ。

停電《ていでん》に感謝《かんしゃ》。ううん、風邪《かぜ》をこじらせた渡辺《わたなべ》くんに感謝。いやいや、プリント届《とど》けるのをたのんだ先生にこそ大感謝！

「おい、水野《みずの》。授業中《じゅぎょうちゅう》に、にやにやするな！」

先生のどなり声が聞こえた。

わたしは、すっと立ちあがり、頭をさげた。

「水野、な、なんだ？」

「先生、ありがとうございます。先生は、本当はいい人なんですね」

「ば、ばかにしてるのか、おまえは？」

先生はさらに怒《おこ》り、みんなはどっと笑《わら》う。

あれ？　お礼をいったのに、どうして〜。

すると、フェアリーの声がした。

「いるかちゃん、先生からすれば、意味がわからないから」

しまった、そうか！

そのとき、前のほうから柳田《やなぎだ》の視線《しせん》を感じた。

ちらりとこっちを見て、すぐに前をむく。

また、顔がとまどっていた！

いつもは、先生に怒られたり、みんなに笑われたりすると柳田は、「いるかのやつしょうがねえな」って顔でわたしを見るのに。

やはり、いつもとちがう。

やっぱり、おつきあいしているんだ。

そして、二時間目、三時間目、四時間目と授業《じゅぎょう》はつづき、あっというまに放課後《ほうかご》になってしまった。

みんな、ランドセルを背負《せお》い、ぞろぞろと帰る。

わたしの胸《むね》は高鳴ってるけど、なにごともないようにランドセルを背負い、そっと目をとじる。

どき。どき。どき。

柳田《やなぎだ》、そばに来てくれるんじゃない？

『いるか、いっしょに帰ろう』

『え？　きょうは先生に用事たのまれてないよ』

『ばか、おれたち、つきあってるんじゃねえか』

そして、その柳田の言葉を聞いていた子たちがキャーと歓声《かんせい》をあげる。

柳田は、わたしの肩《かた》に手をおき、堂々《どうどう》と宣言《せんげん》する。

『みんな、聞いてくれ。おれといるか、つきあっているんだ』

クラス中、大さわぎ。廊下《ろうか》を歩いている他のクラスの子も教室をのぞきだす。

どうしよう。そんなことになったら、どうすれば。
ところが……。
目をあけると、教室にはだれもいなかった。
え……？
ひとり、教室をでて、昇降口《しょうこうぐち》で靴《くつ》をはきかえる。
柳田《やなぎだ》の靴箱にはうわばきが入っていた。
もう、帰ったってことだ。
なんだ、ひとりで舞《ま》いあがってばかみたい。
わたしはそのとき、違和感《いわかん》のようなものを感じた。
その違和感の正体は、このときはまだ、はっきりとはわからなかった。

柳田の彼女《かのじょ》になって三日目。
きょうはブラッシングだけでなくパッティング（お母さんの化粧水《けしょうすい》をなんども顔にた

たきつけるの）までした。

なのに、一度も会話をすることはなかった。

四日目。

ブラッシングにパッティングにストレッチまでして学校に行った。

でも、登校中に柳田《やなぎだ》に会うこともなく、授業《じゅぎょう》がはじまった。

休み時間も柳田はひとりでいるか、男子と遊んでいる。

わたしに、話しかけてもくれない。

そして、掃除《そうじ》の時間。

ほうきで教室をはいていると、ドン！　と背《せ》中《なか》がだれかとぶつかった。

ふりむくと、ほうきを持っている柳田だった。

「あ」

わたしがそれだけ口にすると、柳田《やなぎだ》は「ごめん」と、またとまどった顔をして視線《しせん》をはずし、ほうきで教室の床《ゆか》をはきはじめる。

それだけなの？

わたしは教室の床をはいている柳田を見つづけた。

そして結局《けっきょく》、柳田とそれしか言葉をかわさないまま放課後《ほうかご》になってしまった。

昇降口《しょうこうぐち》で靴《くつ》をはきかえる柳田を見て、思いきって声をかけようとした。

おつきあいしているんだから、「一緒《いっしょ》に帰ろう」ぐらい、いってもだいじょうぶなんじゃないかな？

どき、どきと、柳田の背中《せなか》に歩みよる。

けど、声をかける前に手芸《しゅげい》くんと稲葉《いなば》くんが柳田をはさみ、三人でわいわいと校門に行かれてしまった。

ぽつん。

とりのこされるわたし。

「いるかちゃん、だいじょうぶ?」

フェアリーがあらわれた。心配そうな顔をしている。

柳田《やなぎだ》の彼女《かのじょ》になったのに、フェアリーは心配そうだし、柳田はとまどいの顔ばかりなのは気のせいかな。

思わず口にしてしまった。

「おつきあいってなんだろうね?」

「え?」

その「え?」には、ふたつの声がまざっていた。

ひとつは、フェアリー。

そしてもうひとつは……。そっとふりむくと、白河《しらかわ》さんが目を丸くして立っていた。

「おつきあい」ってなんですか？

「そんなことってあるんだ」

白河《しらかわ》さんは、はあとため息をつき、天井《てんじょう》を見あげた。

わたしは、すべてを話しおえたあとのどきどきをどう処理《しょり》していいかわからず、ストローでコップのなかのリンゴジュースをずずずと吸《す》い、氷をがらがらとかきまぜる。

白河さんに、「おつきあいってなんだろうね？」というセリフを聞かれてしまい、話の流れで、都営団地《とえいだんち》にある白河さんの家で遊ぶことになってしまった。

そして、白河さんの部屋でリンゴジュースをだされ、エレベーターのなかでのことを全部話してしまったんだけど。

このことをだれかに話すって、えらい体力がいった。

話しているあいだ、あの暗闇《くらやみ》での柳田《やなぎだ》とのやりとりが、すべてはっきりと思いだされ、はずかしくてたまらなくなってくる。

白河《しらかわ》さんも、体中に力を入れてわたしの話を真剣《しんけん》に聞くものだから、こちらの語りもどんどん真剣になっていき、とにかく、「なんだかよくわからないうちに」を強調しつづけてしまった。

そして、いま、すべてを話しきった。

話したわたしも疲《つか》れきったが、聞いた白河さんもしばし放心状態《ほうしんじょうたい》だった。

白河さんは、天井《てんじょう》からカーペットにおいたわたしのコップに視線《しせん》をうつす。

「あ、おかわりは？」

「も、もう、じゅうぶん」

お姉さんずわりをしている自分の足に落ちつきなくふれる。

「いやあ、わたしもじゅうぶんだわ」

白河さんは、まだジュースをひと口ものんでないのに、おなかいっぱいな顔をしていた。

「そうか。柳田《やなぎだ》くんといるかちゃん、とうとうそんなことに」

「そ、そんなことにって。でも、なにも変《か》わらないんだよ。おつきあいしているっていっても、この三日間、『あ』、しか話してないんだよ」

「おつきあいしてるっていっても……。そんな言葉を口にしている同い年の子、はじめて見た。すごい、すごいよ、いるかちゃん」

白河《しらかわ》さんの羨望《せんぼう》のまなざしに、わたしってすごい？　という興奮《こうふん》と、でも、なにも変わってない現実《げんじつ》とが、頭の中で交錯《こうさく》した。

白河さんはわたしの疑問《ぎもん》に気づいたようで「いいもの見せてあげる」と、本だなからでた、白河さんのファッション雑誌コレクション！（くわしくは九巻《かん》を読んでね）けど、ファッションとおつきあいって、関係《かんけい》あるの？

雑誌《ざっし》をたくさんとりだした。

「これこれ」

白河さんは雑誌のうしろのほうの、読者はがきのページをひらく。

そこには、いろんな女の子の恋《こい》の相談《そうだん》がのっていた。

『ともだちがデートするそうです！　すごい！　小五』

『彼氏《かれし》できました。どきどきです。小六』

うわあ、ここにも五人にひとりがいっぱいいる！

「わたし、この雑誌《ざっし》、三年生のころから読んでいるんだけど、そのころはおつきあいのことって中学生の子が書いていたの。でも、最近《さいきん》はちがう。小学生のはがきに、彼氏とか、おつきあいとか、たくさん書いてある。世の中が変《か》わったのよ」

白河《しらかわ》さんは熱《あつ》く語っていた。

そうなんだ、世の中が変わったんだ！

「でね、いるかちゃんのいってる、なにも変わらないってけっこうあるんだよ」

白河さんが最新号《さいしんごう》の読者はがきコー

ナーをひらく。

　すると。

『告白《こくはく》したらＯＫ《オーケー》してくれたのに、デートに誘《さそ》ってくれない。小五』

『バレンタインにチョコあげたらホワイトデーにおかえしくれたの。でもそこからなにもおきません！　小六』

なんか、わたしと似《に》たようなことが、全国のみなさんにもおきているようですが。

「結局《けっきょく》、男子は自分から行動しないのよ」

白河《しらかわ》さんはそういって、やっとジュースをのんでくれた。

男子は行動しないのよ。行動しないのよ。しないのよ。

白河さんの言葉が何度も頭にこだまする。

わたしは、おずおずと聞いてしまった。

「なんで、行動しないのかな？」

「照《て》れ屋《や》さんなんじゃないかな」

白河さんのその言葉を聞いた瞬間《しゅんかん》、エレベーターからでて一緒《いっしょ》に帰ったときの柳田《やなぎだ》を思いだす。

そのとおりかもしれない。

白河さんが、説得力《せっとくりょく》のある言葉をさらにつづける。

「あとね、あんまりイメージがわかないんだと思う」

「イメージ？　想像《そうぞう》ってこと？」

「うん。男子の読むマンガ雑誌《ざっし》や本って、恋《こい》のお話とかほとんどないんだって。サッカーや野球《やきゅう》、とにかく勝負《しょうぶ》、勝負の連続《れんぞく》なんだって」

「なるほど～。女の子の読むマンガや本って、けっこう、恋がからんでくるもんね」

「だから、男子はおつきあいってものに、イメージがわきにくいんじゃないかな？　女の子はおつきあいって聞くと、ふたりで遊園地《ゆうえんち》に行くとか、いろいろイメージがわくけど」

たしかに。

柳田《やなぎだ》、少女マンガとか絶対《ぜったい》に読んだことなさそうだもん。

「どうすればいいんだろう。と、いうより……」

「いるかちゃん、どうしたの？」

わたしが急にだまってしまったので、白河《しらかわ》さんが心配そうにのぞきこんできた。

「あのさ、白河さん」

「うん」

「わたしもおなじかも」

「え？」

「その、イメージわかない男子と似《に》てるかも」

「ええ？」

「マンガとかドラマとかで、なんとなくはわくよ。でも、それは高校生ぐらいの人たちのことで。わたしと柳田だと、わくようなわかないような。結局《けっきょく》、おつきあいって、いったい、なにをどうすればいいいんだろう？」

するといった白河さんと目があった。

そして、彼女《かのじょ》は意外なこたえを返してきた。

「そういわれると、わたしもよくわかってないかも」

「え！　そうなの」

ドキドキの
デートコースあみだくじ

好《す》きなフェアリーを選んで、線をたどってね。
きょうのあなたにオススメなデートコースがわかるよ。

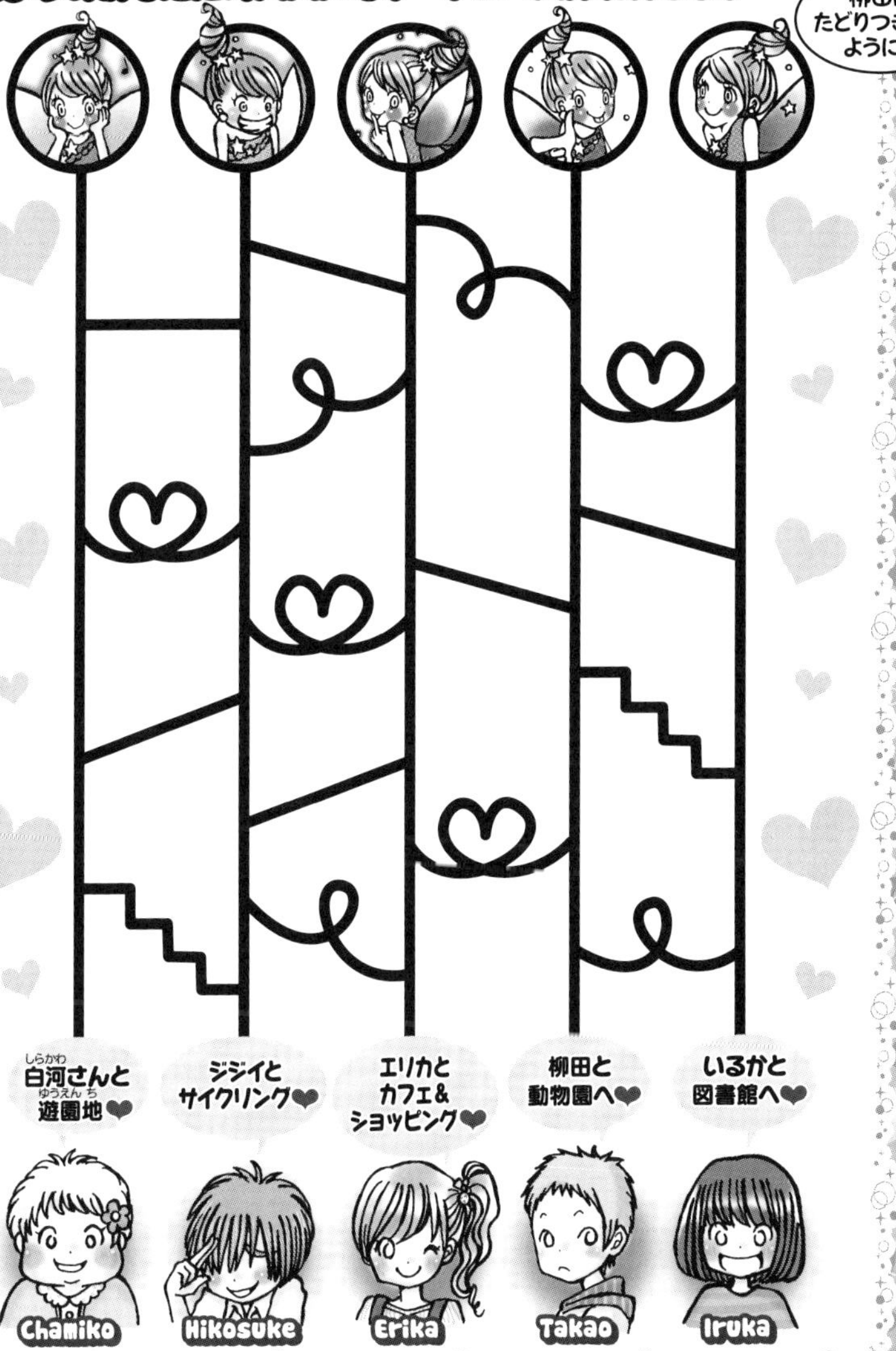

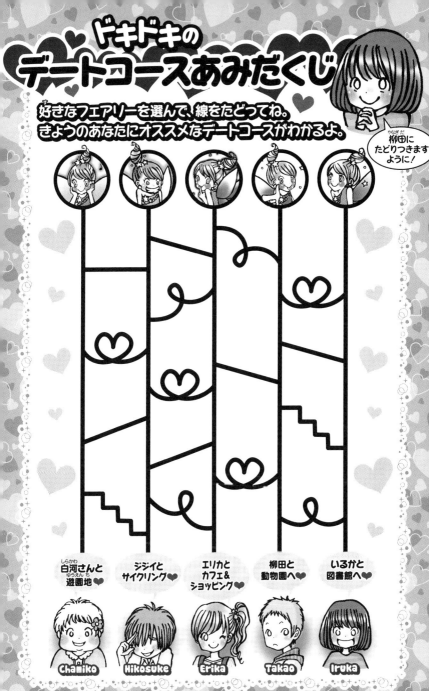

「わかってないのに、けっこう、べらべらしゃべってたかも。やだ、はずかしい！」

白河《しらかわ》さんは両方のほおに、手をあてた。

やっぱり、白河さんもよくわからないんだ。

でも、おつきあいって、意味もわからないのに、熱《あつ》く語れてしまうものなんだ。

なんか、こわいかも！

白河さんは、しばらく考えてこういった。

「よくわかってないかもしれないけど、わたしは、おつきあいって、やっぱり学校の外でふたりきりで会うことだと思う」

白河さんの意見に、ごくりとつばをのみこんだ。

「先生の用事で、ふたりでエレベーターにのるんじゃなくて、約束《やくそく》してふたりきりになるってことが大切なんじゃない？」

約束してふたりきりになる。

すごい。きょうの白河さんは、熱いだけでなく説得力《せっとくりょく》がある。

わたしもおつきあいって、やっぱり、そこのような気がする。

でも、どうして？

「ねえ、白河《しらかわ》さん、すごくためになる意見ありがたいんだけど、聞いていい？」

「なに？」

「白河さんも、たしか、柳田《やなぎだ》のことちょっと好《す》きっていうか、ファンっていうか」

わたしがごにょごにょといいよどむと、白河さんはにっこり笑《わら》って学習机《がくしゅうづくえ》のいすをぐるりとまわし、すごいものを見せてくれた。

でたー！　柳田人形！　ひさびさに見てしまったー！

この柳田人形っていうのは、白河さんがフェルトで作った柳田。

なんだか、いままでの話を全部柳田に聞かれていたみたいで、急に落ちつかなくなってきた。

「こ、これがあるってことは、白河さんは、まだ、そうってことで、ねえ、わたしの話聞いて、こう、胸《むね》の奥《おく》がざわついたりしないの？」

「ざわつくっていうより、ふわふわかな？」

白河《しらかわ》さんはほんのりほおをそめて、ななめ下に視線《しせん》をむける。

「へ？　ふわふわって、しあわせみたいなこと？　え？　なんで？」

「いるかちゃんから、こういう話を聞けるっていうのがすごく楽しいの。いるかちゃんを通して、おつきあいってことにちょっとふれられる。しかも、相手は柳田《やなぎだ》くん。おもしろいっていったらなんだけど、そんな感じ」

自分で自分の目と口が丸くなるのがわかる。

そ、そんな発想《はっそう》あり？

「エレベーターにのったとき停電《ていでん》したのって、きっと、神様がいるかちゃんに味方《みかた》したんだよ。西尾《にしお》さんに味方したんじゃなくていいるかちゃんにしたっていうのが、わたしとしてはすごく応援《おうえん》したくなるの。いるかちゃん、もう彼女《かのじょ》なんだから、もうちょっと、積極的《せっきょくてき》になっていいんだよ」

白河さんがわたしの手を両手でにぎる。

あたたかい。

先生、渡辺《わたなべ》くん、エレベーター、そして、白河《しらかわ》さんまで。

みんな、わたしを応援《おうえん》してくれている。

「白河さん、わたし、もうちょっと積極的《せっきょくてき》になってみる」

「うん。柳田《やなぎだ》くんは、照《て》れ屋《や》さんだから、絶対《ぜったい》にそのほうがいい」

白河さんの目を見て、その手をにぎりかえした。

「おつきあい」、もうおわり？

そして、柳田《やなぎだ》とおつきあいしてから五日目の金曜日。

わたしは積極的《せっきょくてき》になろうと、自分に誓《ちか》った。

積極的になるとはつまり、柳田にあることをいうということだ。

きのう、お風呂《ふろ》のなかで何度も練習した。

あとは、それをいうチャンスをつかむだけだ！

だけど、学校という場所は、いつでもどこでもだれかがいる。

一応《いちおう》おつきあいしているんだから、人目なんか気にしないで柳田に接近《せっきん》してもいいのかもしれないけど、やっぱり、そこまでの勇気《ゆうき》はないよ～！

でも、これを柳田に伝《つた》えないと、なにも進まない気がするんだよ。

いつ、どこでいおうかと、ひとりで大さわぎしていたら、またもや、神様がわたしにチャンスをあたえてくれた。

休み時間。

わたしが女子トイレからでると、偶然《ぐうぜん》にも柳田《やなぎだ》も男子トイレからでてきた。

廊下《ろうか》でばっちりと目があい、自然《しぜん》とむかいあう。

こんなチャンスはもう二度とない。

やっぱり神様は、わたしと柳田のおつきあいがうまくいくよう仕向けてくれている。

ただ、できればトイレの前じゃなくて、もう少しロマンティックな場所がよかったけど。

わたしとむかいあっている柳田は、また、とまどった顔をしていた。

柳田のとまどった顔を見ていると、な、なんか、どうしていいのかわからなくなってきたんだけど！

がんばれ、水野《みずの》いるか！

「あ、あのさ」

「なに？」

なんか、超《ちょう》ぶっきらぼうな「なに？」なんだけど！

しかも、ここで会話終了《しゅうりょう》。

なんで～！

「に、日曜日！」

「え？」

「に、日曜日に、どこかに行かない？」

いえた！

お風呂《ふろ》での練習はわたしをうらぎらなかった。

けど、柳田《やなぎだ》、軽く口をあけたまま無言《むごん》なんだけど。

お願《ねが》い、なにかしゃべって～！

すると、わたしの祈《いの》りが通じたようで、柳田の口が動きだした。

やったあ！

ところが……。

「日曜日、塾《じゅく》だから」

え……。

柳田《やなぎだ》はクールにそれだけ口にして、わたしに背《せ》をむけ、教室へ歩いていった。

う、うそ。

どうして？

「いるかちゃん、しっかり！　魂《たましい》のぬけた人形みたいになってるよ」

フェアリーがあらわれ、わたしの前で手をふっている。

「フェアリー、どうして。なんで、こうなっちゃうの」

「まあ、それは、日曜日は塾《じゅく》だからね。仕方ないよね」

「でも、いいかたってあるじゃん。残念《ざんねん》だけど、とか。日曜日がだめなら、いつならとか。

あのいいかたは、どうなのよ？」

「う～ん」

フェアリーは言葉にこまっていた。

いつもなら、いいことをいってくれるのに、こまっているだけなんて。

そのとき、うしろからわたしを呼《よ》ぶ声が聞こえた。

「み……ず……の」
その、間《ま》がたっぷりとられた独特《どくとく》の口調《くちょう》は！
ふりむくと、渡辺《わたなべ》くんが立っていた。
きょうから、学校に来ていたんだっけ？
おつきあいのことで頭がいっぱいで、目に入っていなかった。
「水野《みずの》……。家に来てくれて……ありがとう……。あの日エレベーターが止まって
……のっていた小学生って……」
「え？　ちがうよ、わたしじゃないよ」
反射的《はんしゃてき》になぜかいってしまった。
「いいよ……、かくさないで……、柳田《やなぎだ》が、そうだって……。でも、水野といて、冒険《ぼうけん》
みたいで楽しかったから気にするなって」
そうなの？　柳田、わたしと一緒《いっしょ》で楽しかったの？
けど、日曜はだめなの？
もう、なんだかわからない！

「実は……お母さんに確認《かくにん》してきなさいって……いわれたんだけど、柳田《やなぎだ》が……おれの親には……いわないでくれって。だから、ぼくもお母さんにいわないけど……それでいい？」

「うん、それがいい！」

柳田の気持ち、すごいよくわかる。

これで渡辺《わたなべ》くんのお母さんから、わたしのお母さんに「その節《せつ》はご迷惑《めいわく》おかけして」みたいな流れになると、えらいめんどうくさい。

それよりなにより、柳田との大切なひみつの出来事がばれるみたいで、それが絶対《ぜったい》にいや。

「わかった……」

渡辺くんがその場から去ろうとすると、六年三組の教室から、ダダダとこっちに走ってくる男子がいた。

その子は本名、笹彦助《ささひこすけ》、通称《つうしょう》ジジイといい、その、あの、それ以上《いじょう》は登場人物紹介《とうじょうじんぶつしょうかい》を読んでちょうだい。

　ジジイは渡辺《わたなべ》くんの顔に人さし指をつきつける。
「渡辺、きさま、病《や》みあがりのぶんざいで、いるかとふたりでなにを話しておる？　いいか、きさま、三五四秒《びょう》も話していたぞ。まさか、三五四秒のうちに、お得意《とくい》のカメラで、いるかの写真集を作らせてくれとか、ひわいであつかましいお願《ねが》いを、しつこくねばっていたのではあるまいな？」
　渡辺くんがそんなこというわけないでしょ！
　しつこくねばっこいのは、はなれたところから三五四秒とか数えてるジジイだよ！

「ジジイ、ぼく、水野《みずの》にそんなこといわない……。ただ、エレベーターで……」

「エレベーター？　なんじゃ、それは」

「わわわわわ」

わたしはあわてて奇妙《きみょう》な声をだす。

ジジイにエレベーターのこと知られると、すごくめんどうくさそう！

どうしよう！

「こほん、こほん」

渡辺《わたなべ》くんがせきをした。

「渡辺！　まだ、治《なお》ってないのか？　いるかにうつるじゃろ」

ジジイは渡辺くんの背中《せなか》をおし、教室にもどっていく。

言動に問題《もんだい》はあるけど、ジジイの渡辺くんをおす手には、優《やさ》しさがあった。

ほっ、ひと安心。

いやいや、安心じゃないよ。

学校の外で柳田《やなぎだ》とふたりきりで会うの、だめだったじゃん！

しかも、すごくクールにことわられた。

そのとき、ある考えが頭をよぎる。

まさか。

い、いや、そんなことは。けど、いくら否定《ひてい》してもその考えが頭にうかぶ。

これって、お別《わか》れ？

おつきあい、もうおわり？　うそだ！　信《しん》じたくない！

「いるかちゃん、目がぐるぐるまわってるよ！」

フェアリーがあわてていた。

雨の日の恋《こい》の物語

日曜日。

ちゅんちゅんちゅんちゅん。

ひとりで部屋にいると、すずめの鳴き声が聞こえた。

カーテンをにぎりしめ、窓《まど》の外を見る。

電線に、すずめが二羽とまっていた。

「いるかちゃん、どうしたの?」

フェアリーが聞いてきた。

「あの、すずめたち、おつきあいしてるのかな?」

「ええ? いるかちゃん、ちょっと、そこにこだわりすぎてない?」

「こだわるよ！　だって、おつきあいしているのに、なにも変《か》わらないし、きょうは塾《じゅく》があるってことわられちゃったし、柳田《やなぎだ》の気持ちがわからないよ！」

自分でもびっくりするぐらい感情的《かんじょうてき》な声をだしてしまった。

「柳田くんは、とまどってるのかもね」

「それは顔見ればわかるよ。でも、じゃあ、どうすればいいんだろう」

そのとき。

二羽のすずめが飛《と》んでいった。

ぽつん。ぽつん。

窓《まど》ガラスに水滴《すいてき》があたる。

あれ？　雨？

雨はあっというまに、ぽつんぽつんからザーザーと、どんどん強まっていき、わたしの気持ちもそこにのせられていく。

このままじゃ、だめだ。

このままなにもしないでいると、どんどん時間がたって、柳田は勉強でいそがしく、おつきあいのこともわすれてしまうかも。

これじゃあ、おつきあいが消滅《しょうめつ》してしまう。

なにか、行動をしないと。はやくしないと。

「そうだ！」

わたしは、部屋をでて、玄関《げんかん》で長ぐつをはき、かさたてから自分のかさをとった。

そして、もうひとつ。

ええと、お母さんの花柄《はながら》はちょっと……。いいや、お父さんのかさで。

無地《むじ》だし、小さいより大きいほうがいいし。

あとを追ってきたフェアリーが聞いてくる。

「どこに行くの？」

「柳田《やなぎだ》、いま塾《じゅく》にいるけど、かさ持ってないんじゃない？　だから、おむかえに」

「ええ！」

「だって、かさがないとぬれちゃうよ、風邪《かぜ》ひいちゃうよ」

「えええ！」

フェアリーは、またまたおどろく。

「お母さ～ん、ちょっとおでかけしてきま～す」

と、家をでた。

かさをさし、長靴《ながぐつ》でぴちゃぴちゃと音を立てながら、柳田《やなぎだ》の塾《じゅく》にむかう。

柳田、待っててね。

けど、はっと足が止まった。

なにしているんだろう、わたし。

いくら突然《とつぜん》の雨だからって、むかえにいくって。

ちょっと、おかしくない？

「どうしたの、いるかちゃん」

フェアリーが雨のなか、追ってきてくれた。

「フェアリー、ぬれてるよ」

フェアリーが、かさのなかに入ってきた。

「フェアリー、風邪《かぜ》ひかない？」

「それより、いるかちゃん、急に立ちどまってどうしたの？」

「いや、いきなり、わたしが登場するってどうなのかな？　って……」

フェアリーは「う〜ん」と腕《うで》を組み、目をとじる。

わたしは心のどこかで、フェアリーが、「柳田《やなぎだ》くんはよろこぶよ！　行ったほうがいい！」といってくれるのを待っていた。

そうすれば、このまま塾《じゅく》まで走れる！

フェアリーが目をあけた。

そして、口をひらく。

フェアリー、お願《ねが》い、「柳田くんはよろこぶよ！　行ったほうがいい！」っていって！

ところが……。

「微妙《びみょう》なところだ〜」

フェアリーは、雨の空をあおぐようにいった。

び、微妙なの、やっぱり……！

「いるかちゃんがかさを持ってきてくれるってところに、柳田くんがよろこぶ可能性《かのうせい》も、なくはないんだけど」

え、そうなの？　よろこぶ可能性《かのうせい》、なくはないの？

「ただ、みんながいるしなぁ」

そこ？　人目が問題《もんだい》？

「柳田《やなぎだ》くん、びっくりしちゃうかなぁ、よろこんでくれるかなぁ？」

なんだか、フェアリー、いつもとちがって歯切れが悪いよ。

そのとき。

車道をはさんで反対側《はんたいがわ》の歩道。

そろばん塾《じゅく》から低学年《ていがくねん》ぐらいの男の子と女の子がでてきた。

女の子がかさをひらくと、男の子が助かった〜という顔で入って、ふたりはひとつのかさで楽しそうに歩きだした。

やっぱり、突然《とつぜん》の雨って、みんなこまるわけで。

助けあうわけで。

別《べつ》に、わたしと柳田の場合はひとつのかさで歩くわけじゃないし。

おつきあいがどうのではなく、わたしのしようとしていることは悪いことじゃないような。

へんなことでもないような。

なんだかんだと言《い》い訳《わけ》をしながら雨のなか、足が塾《じゅく》にむかってしまう。

気がつくと、もう目の前だった。

ちょうど授業《じゅぎょう》がおわったみたいで、建物《たてもの》から頭のよさそうな子たちがぞろぞろとでてきた。

かさを持ってる子はさっさと帰るけど、持ってない子は入り口の屋根《やね》の下で、スマホで電話したり、弱ったなあと空を見あげたりしている。

わたしは電信柱《でんしんばしら》に身をひそめた。

「フェアリー、どうしよう」

「どうしようって、いるかちゃん、自分の足で、ここまで来たんだよ。こうなったら、なにげな〜く、柳田《やなぎだ》くん、さがしてみる?」

「なにげな〜くさがして、柳田がいたらどうするの?」

「そ、そのときは。また、なにげな〜く、その持ってきたかさを見せて」

「それで、見せてどうするの？」

「そのときの柳田《やなぎだ》くんの表情《ひょうじょう》で決めたら？　いやそうだったら、いさぎよく帰る」

「そ、それでいいのかな？」

「わかんないけど、いまの段階《だんかい》ではこれ以外《いがい》思いつかない」

「フェアリー、なんかたよりない。あ！」

いた〜、柳田いた〜！

かさ持ってないみたいで、走って帰るか、やむのを待つかなやんでるって感じだ。

「柳田くん、こっち見てくれないかな？」

フェアリーがじれったく柳田を見る。

「フェアリー、わたし、帰る」

「え？」

「なんか、なにかがちょっとちがう気がする」

「でも、柳田くん、どう見てもかさがなくてこまってるよ。いるかちゃんは、かさをふたつ持っているんだよ」

「そうだけど、やっぱり、帰る」

わたしは電信柱《でんしんばしら》のうしろで、家にもどろうとターンした。

すると、短い足がもつれた。

「キャッ！」

「いるかちゃん！」

びちゃん！

顔に水たまりのどろがはねる。

ちょうどすぐそばにできていた、どろの水たまりに、
両手、両ひざをついてしまった。

ぐっちゃぐっちゃの、びっちゃびっちゃなんですけど。

もう、やだ～！

「いるかちゃん！」

フェアリーが羽と手足をばたばた動かす。

「やだあ、あの子、きたない」

「なんだ、あいつ？」

塾《じゅく》からでてきた頭のよさそうな子たちが、くすくす笑《わら》いながら通りすぎていく。

はずかしすぎるんだけど。

服も冷《つめ》たいんだけど。

柳田《やなぎだ》に、かさ持っていこうとか、余計《よけい》なことを考えたからだ。

そのとき。

「いるか？　いるかだよな？」

塾《じゅく》から柳田が走ってきた。

やだあ、気づかないで〜。

「どうしたんだよ。どろだらけじゃねえか」

みじめに、よろよろと立ちあがった。

「へ、へへへ」

笑ってみたものの、内心は泣《な》きたかった。

ふと、柳田《やなぎだ》にわたそうとしたかさが転がっているのが目に入った。

転んだショックで手をはなしてしまったんだ。

でも、どろの水たまりにふれることなく、きれいなままだ。

そのきれいなままというのが、わたしに光をあたえてくれた。

これだったら、わたしても大丈夫《だいじょうぶ》。

わたしは走って、そのかさをとり、柳田にわたした。

「え？　なに、これ」

「はやく、さしなよ。柳田、ぬれてるよ」

「お、おお。助かった」

柳田がきれいなかさをさしたので、わたしは足もとにあった、もうひとつのひらいたままのかさをさした。

こっちは水たまりに落としたせいで、持ちあげると、どろがぼたっと長ぐつにたれた。

「いるか、かさ、交換《こうかん》しないか？」

「いいよ。それは、柳田に持ってきたかさだから」

「持ってきた?」

しまった! いってしまった。

自分で自分の口をおさえる。

「え……」

柳田《やなぎだ》は「え」のつぎに、なにをいっていいのかわからないようだった。

わたしもどうしていいかわからず、下をむいたまま。

雨の音。

他の子たちのばしゃばしゃという足音。

「バイバイ」「来週ねえ」なんて声も聞こえてくる。

でも、肝心《かんじん》の柳田の声が聞こえてこない。

お願《ねが》い、柳田、なにかしゃべって。

なにか話してくれないと、顔をあげられない。

そのとき。

「柳田くん!」

顔をあげると、西尾《にしお》エリカさんが立っていた。

そうだ、西尾さんもこの塾《じゅく》に通っているんだった。

「水野《みずの》さん、あなたがどうしてここに？　ここは頭のいい子しか来られない場所よ」

「え……」

言葉につまる。

たしかに、この場所はわたしにもっともふさわしくない。

そして、あなたが、どうしてここにっていうのも、非常《ひじょう》にむずかしい質問《しつもん》で。

しかも、西尾さんに聞かれるっていうのが、これまた、ものすごくこまったことで。

「どろだらけだけど、転んだのかしら？」

「うん、やっちゃった。へへ」

ふたたび、みじめに笑《わら》う。

「あら、柳田《やなぎだ》くんの、そのかさ、おとな用ね？」

うっ！　西尾さん、するどい！

「いいかさね？　お父様の？」

柳田《やなぎだ》が答えに迷《まよ》った。

そして、そんな簡単《かんたん》な質問《しつもん》に迷《まよ》っている柳田を、西尾《にしお》さんが見のがすはずがない。

「まさか、水野《みずの》さんのお父さんのかさ？」

心臓《しんぞう》がどくんと鳴った。

別《べつ》に悪いことしたわけじゃない。

なのに、なんでこんなに、どうしていいのかわからないんだろう。

「あ、あの、さよなら」

逃《に》げだそうと、ふたりに背《せ》をむけた。

けど、すぐに声が聞こえた。

「いるか、待てよ。どろだらけじゃねえか」

足がピタリと止まる。

ゆっくりとふりむく。

「いや、そのどろを、どうにかしてやれない……けどさ」

柳田はとまどっていた。

そして、歯がゆそうでもあった。

「水野《みずの》さん。まさか、あなた、柳田《やなぎだ》くんにかさを持ってきたの？　そして、ひとりで勝手に転んだの？」

西尾《にしお》さんがずばり、切りこんできた。

うわあ、この人、頭よすぎるよ。

わたしは、観念《かんねん》するかのように、こくりとうなずいた。

「水野さん、突然《とつぜん》の雨に柳田くんのおむかえって。おかしいわ。まるで、恋人《こいびと》か彼女《かのじょ》みたいだけど。お昼寝《ひるね》でもして、寝ぼけているんじゃない？」

西尾さんが、お上品に笑《わら》う。

ううう、たしかに、ちょっとおかしいこ

としたかもしれないけど。

でも、寝《ね》ぼけてなんかいないよ。

一生懸命《いっしょうけんめい》、なやみながら、とまどいながら、ここまで来たんだよ。

あれ、でも、恋人《こいびと》とか彼女《かのじょ》だったら、わたしのしたこと、おかしくないの？

おつきあいって、恋人とか彼女とかってことでもあるんじゃないかな。

そこがふと頭によぎると、自分でもとんでもないことを口にしてしまった。

「わたしが、かさを持ってきたのは、お、お、……き……しているからで」

西尾《にしお》さんがきょとんとした。

「お、お……き、ってなに？　低学年《ていがくねん》で流行《はや》っている遊び？」

西尾さんがくすくす笑《わら》う。

しまった、「おつきあい」って五文字をいいきる勇気《ゆうき》がなくて、「つ」と「あい」がぬけて中途半端《ちゅうとはんぱ》になってしまった。

よし、こんどこそ。

「あ、あのですね、お、おおお、おつきあい、しているから、柳田《やなぎだ》にかさを持ってきたの。

それでも、お、おかしいのかな？」
西尾《にしお》さんがみけんにしわをよせる。
なんだか、怪《あや》しいものでも見ているみたい。
西尾さん、わたし、そして、柳田《やなぎだ》。
三人ともだれもしゃべらない。
とうとう、西尾さんに禁断《きんだん》のヒミツを告《つ》げてしまった。
これは……すごいことだ！
日本列島《にほんれっとう》が割《わ》れるかもしれない！
「水野《みずの》さん、いま、あなたなんていった？」
西尾さんが冷静《れいせい》に聞きかえしてきた。
どくん。どくん。
心臓《しんぞう》が鳴りつづける。
どうする？
ごめ〜ん、じょうだんなの〜、とかいっちゃう？

心のなかで、ぶんぶんと首をふった。
じょうだんなの～なんて、照《て》れかくしでもつかいたくない。
だって、わたしと柳田《やなぎだ》はおつきあいしていて、それはわたしの誇《ほこ》りでもあるから。
「西尾《にしお》さん、わたしと柳田はおつきあいしているの」
そういった瞬間《しゅんかん》、西尾さんの顔が真《ま》っ青《さお》にこおりついた。
顔が青くなった人を見たことは、ある。
こおりついた人も、見たことあるような気がする。
だけど、青くこおりついてしまった人は、生まれてはじめて見たよ。
きれいなぶん、とてもこわかった。
そして、自分は大変《たいへん》なことを口にしてしまった気がした。
でも、それは、わたしにとって、一番大切な真実《しんじつ》でもある。
けど、つぎの瞬間《しゅんかん》。
「くすくす」
西尾さんは手の甲《こう》を口にあて、気高《けだか》いゆりの花のように笑《わら》った。

「柳田《やなぎだ》くん、水野《みずの》さんがおもしろいことといってるけど、このままいわせておいていいの？」

「ええ？」

柳田がはじめて口をひらいた。

「水野さんがいくらジョークの達人《たつじん》だからって、これはちょっと、怒《おこ》ってもいいんじゃない？」

「いや、え、あ、あれ。でも、そうかな」

「え？」

西尾《にしお》さんが柳田を見る。

「なんか、そうらしい」

西尾さんが、柳田の言葉にふらりとよろめいた。

わたしがあわてて歩みよろうとすると、少しはなれたところに真っ赤なスポーツカーがとまった。

西尾さんのお母さんの車だ。

「わたくし、失礼《しつれい》するわ」

西尾《にしお》さんは貧血《ひんけつ》の人みたいにふらふらと車にのった。

赤いスポーツカーは走りだし、あっというまに見えなくなった。

すると、柳田《やなぎだ》がわれにかえったように、「あ」とポケットからなにかをとりだした。

ポケットティッシュだった。

「顔についてるぞ」

わたしは、あわててティッシュを一枚《まい》ぬきとり、ほっぺをふいた。

「ばか、そっちのほっぺじゃない！　左だ」

「え、え」

なんとかふきおわると、柳田がいった。

「帰るぞ」

「う、うん」

わたしたちは歩きだす。

けど、会話はなかった。

やっぱり、やりすぎたかな？　それとも柳田、西尾さんのことを気にしているのかな？

「あぶない」

柳田《やなぎだ》が、車と接触《せっしょく》しそうになったわたしの腕《うで》をつかみ、引っぱる。

「いるか、こっち歩け。この道、ガードレールがなくてあぶない」

「う、うん」

柳田はわたしを守るように、車道側《しゃどうがわ》を歩いてくれた。

あまり会話は盛《も》りあがらなかったけど、このことがわたしの胸《むね》をいっぱいにした。

自分勝手な思いこみかもしれないけど、エレベーターの帰り道に会話がなかったあの日とは、ちょっとちがう気がする。

「いるかちゃん、よかったね」

フェアリーの声が聞こえた。

恋《こい》する女子のかんちがい

つぎの日は、月曜日。

授業中《じゅぎょうちゅう》に外を見あげると、雨はあがり、空は青く、白い雲がゆったりと流れている。

きのうのことを思いだし、視線《しせん》を柳田《やなぎだ》の背中《せなか》にうつす。

話はいまいち盛《も》りあがらなかったけど、柳田はわたしの腕《うで》をつかみ、車から守ってくれた。

フェアリーはよかったねっていってくれたけど、どうなんだろう。

きのうはあれでよかったような気もするし、やっぱり、やりすぎたような気もするし。

たぶんだけど、わたし、おつきあいってことになれてないんだ。

ひょっとしたら、柳田もそうなのかもしれない。

けど、けど、だけど。

雨のなか、ふたりで帰ったことは、わたしにとって、とても大切な思い出。

これは百パーセント、まちがいなし。

柳田《やなぎだ》、ティッシュありがとね。

背中《せなか》にお礼《れい》をいってみた。

そして、授業《じゅぎょう》はおわり、休み時間。

「柳田くん、この本、読まない？」

すわっている柳田のところに、西尾《にしお》さんがやってきた。

「これ、日本人ではじめてＮＡＳＡ《ナサ》で働《はたら》いた人のことがのっているの。柳田くん、前に、ＮＡＳＡに興味《きょうみ》あるっていってたから」

え？　な、なさ？　なにそれ？

「おもしろそうだな」

柳田《やなぎだ》、目がかがやいているよ！

「アメリカ国籍《こくせき》でなくても、非正規《ひせいき》とか、でも柳田くんなら東大《とうだい》の理科一類《いちるい》とかに入ったほうがいいかもね」

「やっぱり博士号《はくしごう》とかか」

なんか、むずかしい話している～！　盛《も》りあがってる～！

きのうのわたしとの話は、盛りあがらなかったのに～！

わたし、一応《いちおう》、おつきあいしているのに～！

「ありがとう、西尾《にしお》」

「どういたしまして」

柳田は楽しそうに本をランドセルにしまった。

西尾さんが廊下《ろうか》にでると、教室のすみでおしゃべりしていた実加《みか》、ミキ、美佐子《みさこ》も金魚のふんのようにあとを追っていった。

わたしは立ちあがった。

ここは、西尾さんにはっきりいわないと。

「西尾《にしお》さん！」

西尾さんが巻《ま》かれた髪《かみ》をゆらしながらゆっくりとふりかえる。

スリーエムの三人もお姫様《ひめさま》のとりまきのようにこっちをむく。

「なあに、水野《みずの》さん」

西尾さんは、ぼたんのように、しとやかに美しく笑《わら》った。

な、なに、この余裕《よゆう》オーラは？

しかも、四対一。

けど、負けるわけにはいかない！

ここは、はっきりいわないと！

え？　はっきりって、いったいなにをはっきりいうの？

わたし、なにに怒《おこ》っているの？

なんか、へんなことになっていない？

「水野さん、いいたいことあるなら、なんでもおっしゃって」

「あ、あのさ」

そのとき、フェアリーの声が聞こえた。

「いるかちゃん、いくら柳田《やなぎだ》くんとおつきあいの約束《やくそく》したからって、柳田くんは、だれと会話しても自由だから」

はっとした。

そうだ、わたし、西尾《にしお》さんに、柳田と楽しく会話しないで、柳田とわたしはおつきあいしているんだから、っていいたくて追いかけてきたんだ。

でも……それって、すごくおかしなことだよ。

「なあに、水野《みずの》さん」

西尾さんは、余裕《よゆう》の笑《え》みでもう一度くりかえす。

ばれてる気がする。

わたしがなんで追いかけてきたか、わたしのあさはかな頭のなかを、この人はわかっている。

絶対《ぜったい》にそうだ。

「水野さん、小学生で流行《はや》ってる、口だけおつきあいって知ってる？」

「く、口だけおつきあい?」

「その場のノリでおつきあいすることになったけど、そのあと、おたがいになんの行動もおこさないこと。ううん、おこせないのかな?」

な、なにそれ。知らない。

いや、正確《せいかく》にいうと名前は知らないけど、その意味はすごくよくわかる!

「じゃあ、失礼《しつれい》するわ」

西尾《にしお》さんはわたしに背《せ》をむけた。

実加《みか》、ミキ、美佐子《みさこ》が順々《じゅんじゅん》に口にする。

「わたしたち、これから図書室に行くの」

「水野さん、相変《あいか》わらず、小柄《こがら》ね」

「でも、がんばってるもんね」

そして、ぞろぞろと西尾さんを追っていった。

くうう、なによ、あのいいかた〜。

しかし、ああ、あぶなかった。

柳田《やなぎだ》と話さないでとかいったら、絶対《ぜったい》に四人そろって、あざ笑《わら》うにきまっていた。
フェアリーに感謝《かんしゃ》しないと。
それにしてもすごい言葉を知ってしまった。
口だけおつきあい。
なんか、そうなりそうな気がする〜。
まさか！
西尾《にしお》さん、わたしと柳田がそうなりそうなのをわかっていて、わざといったんじゃあ？
く、くやしい。
西尾さんに負けたくない。
でも、なんで西尾さんが余裕《よゆう》で、こっちがぴりぴりしてるのよ!?
おかしいよ！
ううん、ちょっと待って。
一番、おかしいの、ここ数日のわたしじゃない？
そのまま、廊下《ろうか》で立ちつくすと、チャイムが鳴った。

迷《まよ》いとときめきの交換日記《こうかんにっき》

わたしは柳田《やなぎだ》のことがずっと好《す》きでした。

だめ、ちょっと大胆《だいたん》すぎ！

柳田は勉強ができていいなと。

ありきたり！

柳田とはじめて出会ったのは……。

これいいかも！　でも、好きになったときのことを書くなんて、はずかしくて無理《むり》！

「いるかちゃん、めずらしく机《つくえ》に向かっているけどなにしてるの？」

フェアリーがあらわれた。

「うわあああああ！　見ないでえええええええ！」

上半身のすべてをつかって、机《つくえ》の上のノートをおおいかくす。

「どうしたの？　いるか」

ガチャリ。

お母さんがいきなりドアをあけ、部屋に入ってきた。

まずい、フェアリーより見られたくない相手が来てしまった。

「な、なんでもない。うたたねして、へんな夢《ゆめ》を見たの」

「やだあ、まったく、いつまでたっても子どもね」

お母さんは笑《わら》う。

お母さん、わたしはもう子どもじゃないからね。

お母さんが読んでいた雑誌《ざっし》にのってる、五人に
ひとりになったからね。

「もう、はやく寝《ね》なさい」

お母さんが部屋からでていった。

ほっ。

わたしは、体をおこす。

「いるかちゃん、ノートにかなり、書いたり消したりしているけど？」

「柳田《やなぎだ》と交換日記《こうかんにっき》しようかなって」

「えええええ！　こおかんにっきいいいいいい！」

フェアリーが目を見ひらき、羽をピキーンと大きくひろげる。

「フェアリー、最近《さいきん》、わたしがなにかいうたびにすごく興奮《こうふん》してない？」

「いや、エレベーター事件《じけん》以来《いらい》、いるかちゃん、びっくり発言が多いから」

「証拠《しょうこ》がほしいんだよ」

そういうと、フェアリーのおどろきはすっと冷《さ》め、「証拠《しょうこ》？」とくりかえした。

「うん。西尾《にしお》さんのいってた、口だけおつきあい。そうならないためには証拠がいるんだよ。おとなのカップルだと、イニシャルを彫《ほ》ったアクセサリーとかするんでしょ？でも、わたしと柳田にはそんなお金ないし。スマホがあれば、ラインとかメールとかできるけど、それもわたしたち持ってないし。だから、交換日記なら、おたがいの気持ちの記録《きろく》にもなるし」

気持ちの記録《きろく》。

思わず口にしたけど、なんだか、すごくすてきな言葉。

ときめきのメロディが、わたしの頭のなかをかけめぐる。

「ねえ、いるかちゃん」

「うん？」

「口だけおつきあいじゃどうしてだめなの？」

フェアリーの質問《しつもん》に、自分の目が丸くなったのがわかる。

「ど、どうしてって、そりゃそうだよ。だって、口だけじゃ、なんか、それだけっていうか」

「いるかちゃんさあ、柳田《やなぎだ》くんとエレベーターでそういうことになってから、数日間、すごく楽しそうだったじゃん。はりきってるというか。早起きしたり、ベッドメーキングしちゃったり」

「うん」

「フェアリーからすると、もう、それだけでじゅうぶんじゃんって思えちゃうんだよ。

白河《しらかわ》さんの読んでいる雑誌《ざっし》にはがきを書いている子たちも、おつきあいすることは決まったのに、その先がうまくいかないって書いてたけど、本人たち、おつきあいが決まっただけで、ときめいているんだよ。もう、そこから先なにもなくても、それだけで、じゅうぶんしあわせなんじゃないかな?」

フェアリーはすごく真剣《しんけん》に語っていた。

一瞬《いっしゅん》、その真剣さにのみこまれ、「そうだね。口だけおつきあいで、わたしと柳田《やなぎだ》もじゅうぶんだね」と答えそうになってしまう。

だけど……。

「フェアリーのいいたいこと、わかるよ。わたし、きのうのかさも、きょうの西尾《にしお》さんのことも、ちょっとへんっていうか、おかしくなってるじゃん。いきなり行動して、そのあとに、まずいって気づいたり。ひょっとしたら、フェアリーのいうとおり、このへんでもう満足《まんぞく》っていうか、なにもしないほうがいいのかなって考えもあるよね」

フェアリーは、うんうんとうなずく。

きっと、フェアリーはこれ以上《いじょう》、わたしがなにもしないほうがいいと思っているんだ。

「けどさ、フェアリー。めったにないことになったんだよ。ダメ小学生のわたしが、五人にひとりになっちゃったんだよ。わたしが、西尾《にしお》さんみたいに千人にひとりみたいな女の子なら、もうなにもしないよ。けど、ダメなやつが超《ちょう》ラッキーなくじをひいちゃったら、もうちょっと、なにかしてみたいよ」

「そのなにかが、交換日記《こうかんにっき》なんだね」

フェアリーの言葉にうなずく。

「この交換日記がいいことなのか悪いことなのかは、ちっともわからない。ただ、なんとなくっていうか、ちょっとでいいからというか……やってみたいんだ」

自分でいいながら、自分の気持ちの整理ができた。

迷《まよ》いはある。

でも、やってみたい。

すると、フェアリーがいった。

「わかった、いるかちゃんがそう決めたなら、もうなにもいわないよ。ただ、書いたのを柳田《やなぎだ》くんにわたすのはいいけど、柳田くんの性格《せいかく》を考えると、返事は期待《きたい》しないほうがいいかも」

柳田《やなぎだ》くんの性格《せいかく》を考えると。

その言葉がえらく頭にひびく。

さすが、フェアリー、柳田のことよくわかってる。

でも、やっぱり、柳田にも書いてほしいような。

けど、それより、なにより……。

「自分で決めたのに、なに書いていいのかわからないよ～」

「とりあえず、きょうは寝《ね》たら？　もう九時だよ」

「柳田なんて、十一時まで勉強してるっていってたよ。ということは、いま、一緒《いっしょ》におきているんだ。うわあ、柳田はきっといま勉強していて、わたしはおなじ時間に柳田に読んでもらう日記を書く。なんか、いいよ。すごくいいよ」

テンションが一気にあがり、鉛筆《えんぴつ》をにぎる。

「やれやれ」

フェアリーが、苦笑《くしょう》しながらも、わたしをあたたかく見守ってくれた。

翌朝《よくあさ》。

「いってきま〜す」

「いるか、朝ごはんは？　どうせおくれるなら食べちゃえば？」

「無理《むり》！」

玄関《げんかん》を飛《と》びだすと、電線やベランダですずめたちがちゅんちゅんさわいでいる。

とにかく精《せい》いっぱい、手足を動かす。

がんばっておそくまで交換日記《こうかんにっき》書いていたら、寝坊《ねぼう》したよ〜。

「いるかちゃん、転ばないように気をつけて」

「うん……あれ？」

がんばって走っていると、横断歩道《おうだんほどう》が青信号《あおしんごう》に変《か》わるのを待っている柳田《やなぎだ》の背中《せなか》が見えた。

こ、こんな偶然《ぐうぜん》って！

すると、ちょうど、さっきのすずめたちが上空をいきおいよく飛《と》んでいった。

まるで、「いまよ、いるかちゃん！　わたすのは、いましかないのよ！」って応援《おうえん》されているみたい。

青信号《あおしんごう》になる前になんとか追いついた。

「柳田《やなぎだ》、はあ、はあ、おはよう」

「いるか。やばいぞ。おれたち」

「うん」

信号が青になると、柳田が走りだした。

わたしも、あとを追う。

けど、走るスピードがちがう。

信号をわたりおえたあたりから、どんどん差《さ》がつく。

柳田がふりむいた。

「いいよ、はあ、はあ、柳田、先に行って」

でも、柳田はもどってきてくれた。

そして、ペースをあわせて走ってくれる。

「わたしにあわせると遅刻《ちこく》しちゃうよ」

「いや、おまえのペースでぎりぎりまにあう」

優《やさ》しい。やっぱり、おつきあいしているんだ。

柳田《やなぎだ》も少しは自覚《じかく》してくれているんだ。

わたしたちは一緒《いっしょ》に走った。

そして、校門に入った瞬間《しゅんかん》。

キンコーン、カンコーン。チャイムが鳴る。

「はあ、はあ、まにあった。柳田、まにあうってよくわかったね」

「なんとなく」

わたしは息を切らしているけど、柳田は余裕《よゆう》だった。

ふたりで歩き、昇降口《しょうこうぐち》に入ると、遅刻《ちこく》ぎりぎりだったことで他の子はいない。

ふたりきり。他の子はいない。しかも、朝からこんなに優しくしてもらえた。

いましかない。

神様は、やっぱりわたしのおつきあいに味方《みかた》してくれている！

朝から走ったせいで、体にもいきおいがあった。

「柳田《やなぎだ》」

「え？」

柳田は下駄箱《げたばこ》から自分のうわばきに手をかけるのをやめ、こっちをむいた。

わたしはランドセルから日記をだす。

「これ、あとで読んで」

「は？」

柳田《やなぎだ》は不思議《ふしぎ》そうな顔で交換日記《こうかんにっき》を見つめている。

表紙にはなにも書いてない、ただの無地《むじ》のノート。

中身を知らなければ、単《たん》なるノートにしか見えない。

「おうちで、読んでね」

「え、ええ？」

柳田がなんだかわからないといった顔で受けとる。

その瞬間《しゅんかん》、わたしは、大あわてでうわばきにはきかえ、その場から逃《に》げるように走りさった。

自分で書いたくせに、わたしたくせに、急にはずかしくてたまらなくなったから。

でも、これが精《せい》いっぱいだよ！

柳田《やなぎだ》くんのぼやき　その①

○月×日

とつぜんですが、交換日記《こうかんにっき》をしたいなあと思いました。

男の子からすると、柳田《やなぎだ》からすると、なんじゃそりゃあっと思っちゃうかもしれないけど、のんびりと、一緒《いっしょ》にやっていけたらなあって。

六年生ともなると、おたがい、いろいろあるでしょ？

気持ちの記録《きろく》というか確認《かくにん》みたいなことを、この日記でできればいいなあって。

ふだん話せないことも、ここになら書けるかもしれないし。

さあて、わたしからなんて書こうかと考えていたら、思いだしたことがあります。

五年生のときのこと。

家の近くでぜんそくが悪化したとき、柳田《やなぎだ》、一緒《いっしょ》に帰ってくれたよね。
あれは、助かったというか、すごく感謝《かんしゃ》しています。
あ、この前のティッシュもありがとう。
こうやって考えると、わたしってかなり、柳田のお世話になっているね。
同い年なのにね。
いつも、いつも、ありがとね。
で、でね。
こんど、動物園に行かない？
小学生は二百円なんだ。
勉強がいそがしかったら、まあ、仕方ないってことで。
柳田も気がむいたら、日記書いて、わたしにわたして。
内容《ないよう》はなんでもありで！　柳田の書きやすいことで！
表紙はわざとなにも書いてないけど、柳田が書きたかったら書いていいよ。
ふたりでがんばろうね。

読みおえるとおれは、ページをひらいたままノートを立て、トントンとあいだにはさまっていた消しゴムのかすを机《つくえ》に落とした。

いるか、消しゴムのかすぐらい自分ではらえ、っていいたいとこだが……。

書いては消してのあとが多すぎて、いるかがどれだけがんばって書いたのかが実によくわかってしまい、そんなことはとても口にできない。

それより、なにより。

おれ、いま、胸《むね》がじんと音を立てているんだけど。

だってさ。

いままで生きてきて、「すごく感謝《かんしゃ》しています」なんて、文字にしてもらったこと、一度もなかった。

五年生のとき、おれがあいつをおんぶして帰ったことなんて、すっかりわすれていたし。

あいつ、よくおぼえてたなあ。

しかも、あのいるかが書いたってところがさらに胸《むね》がいっぱいになるんだけど、だけど、だけど、だけどよう！

どうして、おれが交換日記《こうかんにっき》なんかしなきゃいけないんだよ。

気が向いたら書いてってあるけど、勝手にもうはじめているじゃねえかよ。

そんなこと、ひとりで決めるなって。

気持ちの記録《きろく》とか確認《かくにん》っていうのもさ、そんなこといちいちする必要《ひつよう》あるのかよ。

天気の記録とかのほうがまだ、なにかの役に立つんじゃねえか？

ふうと、軽く息を吐《は》く。

おれの考えすぎかな？

いや、考えすぎじゃねえよな。

知らないうちに、どんどん、ことが大きくなっていってねえか……？

エレベーターで「おつきあいってしてみたいような」っていわれたとき。

おれは一瞬《いっしゅん》、「？」《はてな》マークで頭がいっぱいになった。

でも、停電《ていでん》のエレベーターのなかで、いるかを落ちつかせようと、自分から「ここをでたらなにがしたい？」とか聞いてしまった以上《いじょう》、意味がよくわからなくても、それはことわるわけにはいかないというか。

いるかを興奮《こうふん》させてはいけないし、とりあえず「そうするか」っていっちゃったんだけどさ。

エレベーターからでたあとの帰り道、おれ、すごく調子のいいことをしたんじゃねえかって、安うけあいみたいなことしたんじゃねえかって、ずっといるかの顔が見られずにいた。

だってさ、「おつきあい」ってなんなんだ？

五人にひとりとか、そういう問題《もんだい》なのか？

小学生のやることじゃないだろ。

おとなのやること……せめて、中学生とかじゃないか？

あ、でも、六年生がおわったら中学生か。

いやいや、とにかく、おれには無理《むり》だって。

なんで、無理かって、「おつきあい」って意味がわからねえからだよ。

目の前に電子辞書《でんしじしょ》があったので、「おつきあい」で調べてみる。

いや、「お」はいらねえな。「つきあう」だな。

ボタンをおし、つきあうの意味が目に入る。読んで愕然《がくぜん》とした。

――行き来して関係をつくる。恋人《こいびと》として交際《こうさい》する。

こ、こいびと。こ、こうさい。

ついでに恋人と交際も調べてみようかと思ったけど、おそろしくてバタンと電子辞書をとじた。

いるか、おまえ、わかってるのか？

五人にひとりってどこで聞いた？

高校生のアンケートとかとまちがえてないか？

ここは、ばしっと、いるかにいわないといけない。

おれたちはおかしなことになってる。

いるか、おまえもおれとおなじで、「おつきあい」の意味なんか知らない。

なのに、エレベーターにとじこめられてパニックになり、なんだかよくわからないまま口にしただけだろ。

エレベーターの事件以来《じけんいらい》、おれとおまえは、微妙《びみょう》におかしなことになってるから、それを断《た》ちきろう！

そうだ、そういうことをいわないと。

だけど……。

なあ、柳田貴男《やなぎだたかお》、おまえ、本当にそれいえるか？

いえるなら、塾《じゅく》にかさ持ってこられたとき、いってるんじゃねえか？

けど、どろだらけで、あんなことされたらさあ。

はじめは、なんで、いるか、こんなところでどろだらけなんだよって思った。

でも、わざわざ、かさをおれに持ってきてくれたみたいで。

しかも、おれ、日曜日は塾があるっていったのに。

それで持ってくるって、なに考えているんだとも思った。

けど、わざわざ持ってきてくれたんだって気持ちもあって。

この交換日記《こうかんにっき》もおなじだ。

ひとりで勝手にはじめるなって、カチンとはくる。

けど、「感謝《かんしゃ》している」とか「ありがとね」とか、じんとくるところもあって。

きっと、いるかの頭のなかでは「おつきあい」っていうやつが、かさを持ってくるとか、交換日記をするとか、そういうことなんだろうな。

なんだかよくわからないけど、いるかはいるかなりに、一生懸命《いっしょうけんめい》なんだろうな。

そこはすごく伝《つた》わってくる。

しかも、どこかうれしそうなんだよな。

その一生懸命でうれしそうなところが、いじらしく、かわいくもあるんだけど、「おいおい、どうしていきなりそんなことするんだよ」とおれをおどろかせたり、ムカッときたりもして。

どうすりゃいいんだよ。

おれには「おつきあい」っていうのは、わからない。

わからないけど、いるかが一生懸命《いっしょうけんめい》で、しかもうれしそうなところもあって。

だったら、なんだか、よくわからないけど、このままでもいいのか？

それと、いま気づいたんだけど、いや、もう塾《じゅく》にむかえにこられた帰り道に、うすうすそういうのあったんだけど、おれさあ……。

いるかとおなじで、ちょっとうれしがってねえか？

とまどってるけど、こまってはいるけど、いるかがなにやらかすか、わからねえけど……。

いままで味わったことのない、不思議《ふしぎ》なよろこびみたいなもの、塾での帰り道、心の奥《おく》にちょっとあったよな。

だから、なにしゃべっていいのか、わからなかったんじゃないか？

おなじ、しゃべらなかったでも、エレベーターの帰りと塾の帰りとではちがう。

おなじようにとまどっていたけど、エレベーターの帰りはわけのわからないとまどいで、塾の帰りは、ちょっとだけうれしかったっていうのがあった。

そうだ、貴男《たかお》。

そこは正直に認《みと》めろ。

動物園か。

おれは天井《てんじょう》を見あげ、もういちど交換日記《こうかんにっき》を読みなおした。

最後《さいご》に、ふたりでがんばろうねってある。

いったい、なにをがんばればいいのか、ちっともわからない。

でも、いるかとふたりでがんばるのは、悪くない……か。

これが本当の、はじめてのデート！

その電話の音を、そのあとの会話を、わたしは一生わすれないだろう。

夕方、観《み》たいアニメがあって、自分の部屋からリビングにおりたとき。

トゥルルルル。

リビングの電話が鳴った。

いつもどおりの電話の音だった。

けど、なにか予感《よかん》がした。

「はい、水野《みずの》です」

「柳田《やなぎだ》ですけど、いるかさん、いらっしゃいますか？」

いるかさん。

はじめていわれたその呼《よ》びかたに、声に、心臓《しんぞう》が高鳴る。

「え、あ、あたし」

「ああ、やっぱり、そうか。あのさ、つぎの日曜日、塾《じゅく》ないんだ。だから、その日なら動物園行けるけど……」

受話器《じゅわき》をにぎりしめる。

それは、夢《ゆめ》のはじまりの電話だった。

当日は朝から大さわぎだった。

なんと、水野《みずの》いるか、生まれてはじめてのお弁当《べんとう》づくりに挑戦《ちょうせん》！

五時におきて、台所でエプロンをつける。

炊飯器《すいはんき》をあけると、タイマーセットがうまくいき、ごはんがたけていた。

「ええと、なにからするんだっけ。まず、ごはんをしゃもじでかきまぜないと」

おむすびをにぎろうと、手でごはんをとる。

「あちちち！」

「いるかちゃん、落ちついて」

フェアリーがあらわれた。

同時にお母さんも前髪《まえがみ》にカーラーをしたまま、のぞきにくる。

「お母さん、やってあげようか？」

「いいの、あっちに行ってて」

お母さんを追いだし、ラップをつかっておむすびをにぎる。

お母さんには、白河《しらかわ》さんとふたりで動物園に行くって説明してある。

とてもじゃないけど、柳田《やなぎだ》となんていえない。

冷蔵庫《れいぞうこ》をあけ、卵《たまご》とウインナーをとりだそうとしたんだけど……。

あれ？

「お母さ〜ん、ウインナーは？」

「あ、買うのわすれたわ」

リビングから聞こえてきた声に、足をじたばたと動かす。

「なんで、わすれるの〜」

「ごめんごめん」

くうう、あの、のうてんきな声！

「いるかちゃん、ないものは仕方ないから、つぎにとりかかろう」

フェアリーのアドバイスにうなずいた。

卵《たまご》をボールでといて、調味料《ちょうみりょう》とまぜ、卵焼《たまごや》き用のフライパンにじゅわーと流しこんだ。

お願《ねが》い！　うまく焼けて！

そして、ウインナーの代用は、もうこれしかない！

おなべに水を入れ、火にかける。

そこに、運命《うんめい》をたくした代用品をふたつ入れた。

五時にはじまったお弁当《べんとう》づくりはなんとか七時におわり、スカートにはきかえる。

ふふふ。デートはやっぱり、スカートでしょう。

うわあ、いま、心のなかでデートっていった。

いった、いった、ぜったいにいった。

水野《みずの》いるかの
はじめてのデートコーデ♥

【動物園編《どうぶつえんへん》】

たくさん歩くから動きやすいコーデがいいよね。
スポーティなアイテムに、ガーリーなスカートをあわせれば、動物園デートにぴったりな甘辛《あまから》ミックスのできあがり！

アクセサリーで女の子感をプラス☆

シンプルなロングT《ティー》シャツにスタジャンをON《オン》！ジャストサイズが決め手

ヒラヒラ感のあるスカートで乙女度《おとめど》UP《アップ》！

ニーハイソックスで一気におしゃれ☆

ハイカットスニーカーで足もとにボリュームを。かんぺきなバランスに☆

持ち物

- リップクリーム：つやつやリップに☆
- ばんそうこう：なにかあったときに
- あめ：カレにあげるとよろこばれるよ。ガムやグミでもOK《オーケー》！
- ハンカチ：もちろんティッシュとセットで
- メモとペン：つぎの約束《やくそく》を書いたり、待ち時間に○×《マルバツ》ゲームをしたり……色々使える

でも現実は遠足みたいだよ…

「いるかちゃん、ひとりで興奮《こうふん》してないで！　ちこくするよ！」

いけない！

あわてて、これまた一番お気に入りのソックスをはいた。

自分の部屋をでて、台所でお弁当《べんとう》を入れたリュックを背負《せお》い、洗面台《せんめんだい》の鏡《かがみ》に自分をうつす。

愕然《がくぜん》とした。

子どもっぽい。デートじゃなくて、遠足みたい。

「どうしよう、フェアリー！」

「それで行きなよ。かわいいよ」

「いやだ、ガキみたい」

「それで、いいって。フェアリーが保証《ほしょう》するから」

「本当？」

「うん」

フェアリーが自信《じしん》を持ってうなずいてくれたので、このかっこうで家をでた。

バス停《てい》で待ちあわせしたんだけど、やっぱり……。

しばらく歩くと、少し先に柳田《やなぎだ》が見えた。

家が近いからそんな気がしたんだ。

「柳田」

「おお……え！　なに入ってるんだ、そのリュック」

「ごはん、つくってきた」

「ええ、めし？」

柳田は目を丸くする。

そして、わたしと目があうと、また、あのとまどいの表情《ひょうじょう》をうかべた。

でも、エレベーターの帰りにくらべると、ちがう。

とまどってるけど、おどろいてるけど、やわらかい。

すると、柳田は軽く笑《わら》った。

「かせよ。持ってやる」

「え？　いいよ」

「いいから」

柳田《やなぎだ》は、片方《かたほう》の肩《かた》にリュックをぶらさげた。

なんだか、お兄さんが、まだおさない妹のリュックを肩にぶらさげているみたいじゃない？

おつきあいしているように見えないんじゃない？

「いるか、早めしにしよう。さっさと食べてゆっくりまわる。いいな」

「う、うん」

柳田はそういって、歩く。

わたしはあとをついていく。

バスが来てのりこむと、柳田がさっさとあいているふたり席《せき》にむかった。

「ほら、いるか」

「う、うん」

柳田は何気なく、わたしを窓側《まどがわ》にすわらせてくれた。

なんか、柳田、変《か》わった？

優《やさ》しい。そして、リードしてくれている!?

となりにすわっている柳田《やなぎだ》の横顔をちらりと見る。

バスなんてどこにでもある、いつでものれるものだけど、きょうのバスは、おとぎの世界《せかい》につれていってくれる夢《ゆめ》の乗り物に感じた。


途中《とちゅう》で別《べつ》のバスにのりかえ、ゆられること計四十五分。

ふれあい動物自然公園《しぜんこうえん》の前に到着《とうちゃく》した。

わたしと柳田はチケットを買う。

「うわあ」

ゲートのむこう、遠くにキリンの首が見え、指さそうとすると、柳田とかすかに手が軽くぶつかる。

「いるか、ごめん」

「ううん」

ちょっとだけ思った。

手をつないで、ゲートをくぐりたい。

でも、やはり、それは大きすぎる願《ねが》いごとで、ふたりで足なみをそろえて、ゲートをくぐるのが精《せい》いっぱいだった。

わたしは完全《かんぜん》に浮《う》き足《あし》立っていた。

舞《ま》いあがっていた。

だって、本当に、柳田《やなぎだ》と来ちゃったんだもん。

つんつん。

なにかが、おしりをつついた。

ふりむくと……。

「きゃー」

「いるか、うるさい」

だって、そんなこといったって、茶色いヤギがわたしのおしりをお鼻でつついてくる。

「ここは、放《はな》し飼《が》いの動物もいるけど、あまり、

さわいだり、必要以上《ひつよういじょう》にさわったりしないように
にって、チケット買うとき、いわれただろう」

「だって、いきなり、いるから」

おどろいたけど、落ちついてよく見ると、ヤ
ギってつぶらなひとみがかわいい。

「さわっていいの？」

「少しだぞ。必要以上はやめろ」

わたしは、そっと手をのばし、背中《せなか》をさわる。

うわ、ふさふさしてるかと思ったけど、どち
らかというとつるつるしていた。

「柳田《やなぎだ》はさわらないの？」

「おれ、余計《よけい》なこと考えちゃうんだけど」

「え？」

「このヤギ、みんなにさわられて、いやな気持

ちになることねえのかな?」

それは、すごく柳田《やなぎだ》らしいセリフだった。

ふれあい動物園だから、さわってもいい。

けど、ヤギの気持ちも考えている。

柳田はそういうところがある。

先生がいったこと、おとなの作ったルール、それは守るけど、それ以上《いじょう》のことも考える。

少しはなれたところに、ヤギをかこんでいる私たちと同い年ぐらいの子がいた。

べたべた、ぺちぺちと、四、五人で、あれこそ必要《ひつよう》以上にさわっている。

柳田は、あの子たちとはちがうレベルで生きている。

それは頭がいいってこともあるけど、それだけじゃない。

「優《やさ》しいんだね、柳田」

「え?」

柳田の表情《ひょうじょう》が止まる。

しまった! よくないこといっちゃったかも?

すると、フェアリーの声がした。

「いるかちゃん、そのままつづけて」

え？　だ、だって、柳田《やなぎだ》、顔が止まってるじゃん！

「だいじょうぶ。むしろ、つぎの言葉もちゃんとつづけてあげて」

フェアリーの応援《おうえん》におされ、わたしは言葉をつづけた。

「柳田もヤギにさわったら？　柳田みたいな子にさわられたらきっとよろこぶよ」

柳田と目があう。

ええい、ここまで、きたら……。

「ちょっとなら」

わたしは柳田の手をにぎり、静《しず》かにヤギの茶色い背中《せなか》に手をあてた。

「あ、毛が、きもちいいな」

「でしょ？」

わたしが柳田の手をはなすと、柳田はそのままヤギの背中をなでていた。

あれ……！

わたし、いま、自分から手をにぎった？

いや、そんな考えはなかったんだけど、結果《けっか》、そうなってる？

「よし、いるか、まずはシマウマから見にいくぞ。あれ？」

柳田《やなぎだ》の手をにぎったという事実に気づくと顔をあげられず、わたしは全身から湯気《ゆげ》をだすしかなかった。

すると、フェアリーの声がした。

「いるかちゃん、いいよ」

え？　いい？

「正直、この状態《じょうたい》でふたりきりになるって、ちょっと、ひやひやしていたけど、柳田くんも、徐々《じょじょ》に状況《じょうきょう》を受けとめだしているし、いるかちゃんも自然《しぜん》でいいよ」

そ、そうなの、いいの？

でも、まだ、体が熱《あつ》いよ！

シマウマは二頭いた。

柵《さく》のむこうで、黒と白のしまもようの体をゆらすように歩き、しましまのしっぽをふっている。

「大きいね……迫力《はくりょく》」

もし、この柵をこえて、飛《と》びだしてきたら、こわい。

思わず余計《よけい》な想像《そうぞう》をしてしまい、つばをごくりとのみこむ。

すると……くすり。

柳田《やなぎだ》が笑《わら》った。

「いるかって、大変《たいへん》だな。おまえから見れば、どの動物もすごくでかく見えて、こわいんだろうな」

く、くうう、どうせわたしはチビですよ。

けど、柳田はわたしが怒《おこ》っているのに気づかず、話しつづけた。

「あの黒と白のしまもようってさ、色を識別《しきべつ》できない肉食獣《にくしょくじゅう》にはグレーに見えて、わかりにくいって研究《けんきゅう》もあるんだって」

「へえ。しまじゃなくてグレーに見えるんだ」

「弱肉強食のサバンナで自分を守るために適《てき》したもようなんだろうな」

「ふうん。柳田《やなぎだ》、なんで、そんなこと知ってるの？」

「なんでって、図鑑《ずかん》に書いてあった」

柳田って、ふだんからいろんな本読んでいるんだ。

一度部屋に入ったとき（四巻《かん》を読んでね）いろんな本が部屋にあったもんね。

「あ、ねえ、なんだっけ、ナ、ナタだっけ。それも図鑑に書いてあることなの？」

「ナタ？」

「西尾《にしお》さんから本借《か》りてたじゃん」

しまった！

この夢《ゆめ》の時間に、西尾さんの話なんか自分からしなくても！

「ナタじゃねえよ、NASA《ナサ》だよ。ナタだったら、一刀両断《いっとうりょうだん》でそれこそこわいじゃねえか。NASAっていうのはアメリカにある宇宙開発《うちゅうかいはつ》の研究所《けんきゅうじょ》だよ」

柳田が笑《わら》いながら説明してくれた。

「え、え、つまり、柳田《やなぎだ》はアメリカで将来働《しょうらいはたら》きたいの？」

「まだ、六年生だからはっきりとはしてないけど、宇宙開発《うちゅうかいはつ》にはちょっと興味《きょうみ》ある。よし、つぎ行こうぜ」

柳田は歩きだした。

わたしもついていく。

アメリカ。宇宙開発。そんなことを口にした柳田の横顔はかがやいていた。

太陽が反射《はんしゃ》していたせいか、とてもきれいだった。

でも、アメリカとか宇宙開発とか、わたしの知らない遠いことを柳田が考えているっていうのが、さみしくもあった。

柳田、おとなになったら、アメリカに行っちゃうのかな。

わたしはおとなになった自分なんて、全然想像《ぜんぜんそうぞう》つかないけど、絶対《ぜったい》にアメリカに行くってことはない。

日本で、地味《じみ》で平凡《へいぼん》、ありきたりの生活をしているだろう。

「いるかちゃん、へんな妄想《もうそう》やめ！」

フェアリーの声が聞こえた。

「そんな遠い話はいいから、いまを楽しみなよ」

そ、そうだよね。

「お！　ミーアキャットだ！　たくさん穴《あな》ほって、ちょろちょろしてかわいいな」

柳田《やなぎだ》は柵《さく》をにぎりしめ、ミーアキャットの群《む》れをのぞきこむ。

その柳田の顔は、おなじくミーアキャットに夢中《むちゅう》になっている低学年《ていがくねん》ぐらいの男の子たちと変《か》わらなかった。

シマウマを見て知識《ちしき》をひろうしたかと思えば、宇宙開発《うちゅうかいはつ》の話をしてかがやいた顔をする。

そして、いまは、子どもみたいな顔をして。

柳田っていろんな面があるんだ。

わたしは、どこかで聞いたダイヤモンドの話を思いだした。

ダイヤモンドはあちこちカッティングされていて、いろんな面がある。

だから、そのときの光によって、かがやく面が変わる。

それが美しいんだって。

わたしには、いま、柳田《やなぎだ》がダイヤモンドに見える。

そして、ダイヤモンドみたいな柳田から目がはなせない。

心の方向が、柳田にしかむいてくれない。

柳田のこと、いろいろ知ってるつもりだったけど、やっぱり、おつきあいすると、あらためて、いろんな柳田を知れる。

こうやって、ふたりで約束《やくそく》しておでかけすると、もっと、もっと、柳田を好《す》きになってしまう。

柳田がこっちをむいた。

ま、まずい。

見つめすぎていたかも！

「なんだよ、いるか、ぼーっとして。そっか、ミーアキャットはシマウマとちがって小さいから、今度は自分に似《に》ているのがいっぱいいて、びっくりしてるんだろ？」

「え、ええ。ち、ちがうよ。で、でもそうかな」

もういいや、そういうことで。

へへと笑《わら》うと、柳田《やなぎだ》も笑ってくれた。

笑いあっていままでにもあったけど、学校の行き帰りで笑いあうのと、ふたりで動物園に来て笑いあうのとでは、これもまた、全然《ぜんぜん》ちがう。

鉛筆《えんぴつ》でかいた落書《らくが》きと、絵の具をつかってかいた芸術《げいじゅつ》作品ぐらいちがう。

わたしと柳田に色がつきだしている。

それもあたたかくて深みのある、心を包《つつ》んでくれるような色が。

どうしよう。しあわせすぎるよ。

しあわせすぎて、胸《むね》がいっぱいで、もう、なんだかわからないよ！

それから、シロクマとカバを見た。
シロクマの毛は、本当は白じゃなくて透明《とうめい》だとか、カバは赤い汗《あせ》をかくとか、柳田は説明してくれた。
柳田は楽しそうだった。

柳田《やなぎだ》が楽しそうだと、わたしの胸《むね》もはずみだす。

なんだか、柳田の軽快《けいかい》なメロディにのって、自分もリズムをきざんでいるみたい。

まるで、ふたりでかなでる演奏《えんそう》みたい。

実際《じっさい》は、わたし、歌も楽器《がっき》もほとんどだめだけど。

あ、そんなことはどうでもよくて、はじめてのデートは動物園にしてよかった。

正確《せいかく》に説明すると、わたしと柳田の歴史《れきし》において、五年生のときにデートもどきはあった。

あのころ、ピカレンジャーっていう正義《せいぎ》の味方《みかた》五人組がテレビで放映《ほうえい》されていて、柳田がそのイベントのチケットを持っていて、誘《さそ》ってくれたんだ。

でも、待ちあわせで、柳田は電車が止まり、わたしはひとりでつったっていて、ひどい結果《けっか》になってしまった（二巻《かん》を読んでね）

でも、あのときとはすべてがちがう。

あのときも、柳田と待ちあわせってことで、心はかなりハイテンションだったけど、おつきあいっていうのがあってふたりで行動するのとはちがう。

おつきあいしているんだって気持ちで、ふたりで行動すると、心がしっとりするんだよ。

「ねえ、あの子、男の子にリュック持たせてる」

「やる〜、つきあってるのかな？」

中学生ぐらいの女の子たちがこっちを見て、こそこそ話していた。

見えるんだ。

つきあってるって、まわりにわかるんだ。

わたしはまたまた体中が熱《あつ》くなる。

すると、フェアリーの声が聞こえた。

「いるかちゃん、しあわせに酔《よ》うのもいいけど、ずっと柳田《やなぎだ》くんにリュック持たせていていいの？」

しまった。そこ、すっかりわすれていた！

「柳田、リュック、わたしが持つ。ごめんね」

柳田は園内の時計を見あげる。

「十一時か。よし、いるかのお手製《てせい》の弁当《べんとう》、食おうぜ」

「う、うん」

うわあ、とうとうこのときが来てしまった。

緊張《きんちょう》する〜。

柳田《やなぎだ》、おいしいっていってくれるかな？

ちょうど、お弁当《べんとう》を食べるのによさそうな飲食コーナーがあった。

カレーやうどんをテイクアウトできるお店。

自動販売機《じどうはんばいき》もならんでいる。

テーブルやいす、ベンチもあり、看板《かんばん》には「お弁当もここで食べてください」とふきだしつきで、うさぎのイラストが書かれていた。

テーブル席《せき》は家族づれがつかいそうなので、わたしたちはベンチにすわることにした。

あたたかい日差《ひざ》しがふりそそぐベンチで、柳田ととなりどうし。

アヒルやうさぎも放《はな》し飼《が》いになっている場所で、柳田ととなりどうし。

そして、一番大切なのは、わ、わたしが、お、お、おつきあいしている柳田と、となりどうし。

うわあ、もう、うわあしか、言葉が見つからない。

「いるかちゃん、はやくお弁当《べんとう》だしてあげなよ」

フェアリーの声が聞こえた。

そうだ、なにやってるの、わたし！

「いま、だすね」

柳田《やなぎだ》に笑《わら》いかけ、リュックをあける。

ナプキンでぎゅっとしばってあるものをひざにおく。

ナプキンをほどく。

目に飛《と》びこんでくるのはラップに包《つつ》まれた四つのおむすび。

「柳田、ふたつとって」

「おお、すげえな」

そして、つぎにでてくるのは、ねこのイラストがえがかれたお弁当箱《べんとうばこ》。

ふたをあけるとおかずが入っている。

卵焼《たまごや》き。そして、ウインナーの代用に半分に割《わ》ったゆで卵《たまご》。あとはプチトマト。

ウインナーは残念《ざんねん》だったけど、一応《いちおう》、赤と白と黄色のハーモニーになっている。

どうよ！

「いるかが作ったのか」

「うん」

「まあ、どう見ても、おばさんが作った感じじゃねえよな」

「う！」

いま、心にぐさりときたよ。柳田《やなぎだ》！

けど、柳田はわたしのショックに気づいたみたいで、

「いやあ、うまそうだよ、うまそう。いただきます」

と、おむすびを大切そうに手にとってくれた。

ラップをとり、柳田がひと口かじる。

え、い、いきなり食べちゃうの？

もうちょっと、ながめないの？

もぐもぐと口を動かし、ふた口。

また、もぐもぐと口を動かしている。

おいしいのかな？　どきどきして、こっちは食べられないよ。

そして、三口。

「ねえ、ちょ、ちょっと、感想《かんそう》は？」

「え？　ああうまいよ。塩《しお》むすび。この糸みたいなのりが表面にちらばっているのが、いるか流か」

「やっぱり……わかってない」

「へ？」

「これ、ねこなんだよ」

「ねこ？」

わたしは食べてない自分のおむすびを持ちあげた。

「これがひげで、ここが口で、これが目なの！」

「ええ？　のりの細切りに失敗《しっぱい》したのがちらばってるだけにしか見えねえよ」

ガーン！

たしかに、わたしも作りおえたとき、無理《むり》あるなあって気はしたんだけど。

「でも、うまいから」

柳田《やなぎだ》は、まずい、いいすぎたという顔で、あわてて口にした。

「ほんとに？」

「ああ」

柳田は、あっというまにおむすびをたいらげた。

よかった。五時におきたのが、むくわれた！

「おかずも食べて」

わたしはお弁当箱《べんとうばこ》をさしだす。

「おう」

ところが、柳田はいせいよく返事したのに、食べようとしない。

「まさか、卵《たまご》だめだっけ？」

「いや……はしか、つまようじでもいいんだけど」

パオーン。

すばらしいタイミングでゾウの鳴き声が聞こえてきた。

はし、わすれたよ。

どうしよう。

「あのね、柳田《やなぎだ》」

「わすれたか」

がっくりとうなずく。

「手でも食べられなくはないかも」

がんばって口にしてみたけど、やはり、おはしがあったほうがいい。

どう考えても痛恨《つうこん》のミスだ。

わたしのばか、ばか、ばかとうなだれるしかない。

すると、柳田が立ちあがった。

「ちょっと待ってろ」

柳田はうどんやカレーがテイクアウトできる店に入っていた。

そして、すぐに帰ってきた。

「すごい」

手には、わりばしふたつに、お手ふきシートもふたつ、それにお茶の缶《かん》をふたつ持っていた。

「お茶買ったら、持っていっていいってさ」

たしかに、おむすび食べたら手がよごれるし、お茶もほしい。

「わたしの足りないところをうめてくれてありがとう」

「え？　ああ、まあ、ふたりでがんばるんだろ」

柳田《やなぎだ》は照《て》れくさそうに口にした。

その照れくさそうな顔が、またもや、わたしの胸《むね》をあまくしめつける。

だって、それ、わたしが交換日記《こうかんにっき》に書いたことだよね。

それを照れながらいってくれるってことが、とてもうれしくて。

柳田は、柳田なりに、おつきあいのことを考えて、ふたりでがんばる気持ちでいてくれているのかもしれない。

どうしよう。

もう、視界《しかい》に柳田しか入らない。

すると、柳田《やなぎだ》はわたしの視線《しせん》に気づいたのか、「あ、卵焼《たまごや》きいただきます」と、ごまかすようにはしを割《わ》った。

わたしもはっとわれにかえり、はしを割る。

「うまいよ。いるか、卵焼き作れるんだな」

よかった。

お母さんのアドバイスでこげた部分、全部切ったんだ。

それは柳田には、永遠《えいえん》のないしょ。

「けど、卵焼きのとなりがゆで卵っていうのが、いるからしいよな」

うう、それはお母さんのミスが原因《げんいん》なんだよ〜。

でも、柳田はなんだかんだと全部食べてくれた。

柳田のために作って、柳田が全部食べてくれる。

魔法《まほう》があったら、時間を止めたい。

この楽園からでたくない。

夢《ゆめ》のつづきの、その先は？

お弁当《べんとう》を食べおわるとリュックは軽くなったので、自分で背負《せお》った。

そして、爬虫類館《はちゅうるいかん》に入ると、とぐろを巻《ま》いているヘビや、舌《した》をちょろちょろだすトカゲ、おなかを動かすカエルなどがたくさんいた。

柳田《やなぎだ》は、「ヘビってほのかにあたたかいらしいぜ」とか興味津々《きょうみしんしん》だったけど、わたしはだめ。いくらとなりに柳田がいても、ここは楽園でもなんでもなく、さっさとでたかった。

だから、全部見おわって爬虫類館を脱出《だっしゅつ》し、それを見た瞬間《しゅんかん》、心がお花畑になったような気持ちになった。

それは、大きく、高く、ゆっくりと動いていて、絶対《ぜったい》にわたしと柳田を天国につれていってくれると、確信《かくしん》できた。

見あげるわたしに柳田《やなぎだ》が聞いてきた。

「のりたいか?」

「え、う、うん」

「そうだな。のるか」

柳田があっさりとOK《オーケー》してくれた。しかも自分から、きりだしてくれるなんて。

なんか、おつきあいしてるって感じがする。

柳田、わたしをリードしてくれているよ、そうだよ、絶対《ぜったい》にそうだ。

しあわせをかみしめながら、列にならんだ。

そして、がっちゃんと音を立て、観覧車《かんらんしゃ》のひとつのボックスのドアがあいた。

それはわたしにとっては夢《ゆめ》の箱。

係のお兄さんが、「気をつけてね」と、わたしたちをのせてくれた。

わたしと柳田はむかいあう。

観覧車は少しずつ上昇《じょうしょう》していく。

そのたびに、わたしの心臓《しんぞう》も小さく、小きざみにはねあがる。

柳田《やなぎだ》とふたりで観覧車《かんらんしゃ》。

これはねえ、もうねえ、本当にねえ、すごいことですよ！

けど、そんなわたしの気持ちも知らずに、柳田は、景色《けしき》を楽しそうに見ていた。

「柳田、きょう、楽しそうだね」

「え？　おまえ、楽しくないの？」

「もちろん楽しいよ」

柳田はそしてまた、外の景色《けしき》に目をやる。

「いるか、見ろよ。キリンもゾウもどんどん小さくなっていくぞ」

ふと、思う。

柳田の楽しさと、わたしの楽しさはちがうのかもしれない。

柳田は動物園が楽しくて、わたしは柳田といることが楽しい。

ひょっとしたら、もし、ここにすわっているのがわたしじゃなくても、柳田は楽しいのかもしれない。

そのとき。

柳田《やなぎだ》が急に景色《けしき》からわたしの顔に視線《しせん》をむけた。

その視線はまっすぐだった。

え、なに？　この雰囲気《ふんいき》は。気のせいか、観覧車《かんらんしゃ》のなかの空気が急に変《か》わったような。

柳田が立ちあがった。こっちに近づいてくる。

だ、だめだよ。なにがだめなのかよくわからないけど。

お、おつきあいっていっても、小学生なんだから。

そんな、映画《えいが》みたいなおとなっぽいことは……！

柳田《やなぎだ》が手をのばす。わたしのかたほうのほおにふれる。

小きざみだった心臓《しんぞう》の音がその瞬間《しゅんかん》、大きなドクンという音にまとまった。

目をとじる。

お、お、おつきあいといっても、あの、その……。

フェアリー、どうしよう〜！

と、心のなかでさけんだ瞬間。

ザッ。

え？　いまの、片耳《かたみみ》あたりで聞こえた音はなに？

というより、目をとじたのはいいけど、そのあと、想像《そうぞう》していたようなふれあいというか、接触《せっしょく》というか、そういう感覚《かんかく》が全然《ぜんぜん》ないんだけど。

「いるか、とれた」

柳田の声に、「へ？」と目をあける。

するとと柳田は葉っぱをにぎっていた。

「こめかみのあたりについてた」

わたしはスカートをぎゅっとにぎる。

「あ、そう！」

そして、ぷいと思いきり横をむき、外の景色《けしき》に顔をむけた。

ひどい。

どれだけ、どきどきしたと思ってるの？

こっちは、心臓《しんぞう》が爆発《ばくはつ》して、たおれるぐらいだったんだよ。

わ、わたしにだって、お、女の子としてのプライドがある！

むかいの柳田《やなぎだ》はきょとんと、「なに、怒《おこ》ってるんだ？」って顔をしていて、それがわたしをさらにイラつかせた。

そして、気がつくと、観覧車《かんらんしゃ》のドアがあいた。

「おりるぞ」

「え、う、うん」

全然《ぜんぜん》、夢《ゆめ》の箱じゃなかったじゃん！

なにやってるの、わたし！

いやいや、悪いの柳田《やなぎだ》でしょ！

「いるかちゃん、せっかくのデートなんだから、あまり小さいことにこだわっちゃだめだよ」

フェアリーの声がした。

こだわるよ。これは、こだわっていいことだよ。

「お、最後《さいご》はあれだな、バードランド」

大きなドーム型《がた》のあみのなかで、いろんな種類《しゅるい》の鳥が放《はな》し飼《が》いになっていた。

なかには木がたくさん生えていて、森にあみがドーム状《じょう》にかぶさっているようにも見える。

入り口は二重のドアになっていて、絶対《ぜったい》に鳥がでられないようなしかけだ。

柳田は、いきいきとした顔で入っていった。

その顔を見ていると、さっきのことにこだわっているのも、ばからしくなってきた。

ゆるしてあげようかな。

バードランドにはさまざまな鳥がいた。

小さな鳥から、羽根をひろげると一メートル近くはありそうな大きな鳥。

木や土とおなじような色をしていて見つけにくい鳥や、カタカナのややこしい名前をした、はでな色の鳥もいる。

まんなかの池では、ピンクのフラミンゴが片足《かたあし》でふんばっていた。

あ、ふんばっているんじゃなくて、あれがふつうなのか。

あみでできた天井《てんじょう》はかなり高いところまである。

ふと思った。

「あみの天井から空は見えるのに、実際《じっさい》は空まで飛《と》べないって、どうなんだろうね」

けど、いった瞬間《しゅんかん》、まずいと感じた。

だって、動物園でそれをいったら、すべてがおわってしまう。

ところが柳田《やなぎだ》がうなずいた。

「おれも、いま、まったくおなじこと思った」

「え！」

「だって、鳥が、空が見えて、空飛べないって残酷《ざんこく》だぜ」

「柳田もおなじこと思ったんだ」

「ああ」

鳥じゃないけど、わたしの心に羽根が生えはじめる。

おなじこと考えてたなんて、観覧車《かんらんしゃ》でのことはゆるしてあげてもいいかな？

そして、バードランドをでると、とうとうそのときが来てしまった。

動物園の出口と入り口が見えた。

一周《いっしゅう》したんだ。

「よし、全部見たな」

柳田《やなぎだ》が満足《まんぞく》げな顔をする。

おわりなんだ。夢《ゆめ》の時間とさようなら。

シンデレラが、パーティー会場からでると魔法《まほう》がとけて、かぼちゃの馬車はただのかぼちゃに、ドレスはいつものボロボロの服にもどってしまうのとおなじだ。

そのとき。

ふと、係のお兄さんと目があった。

お兄さんはひとつしばりの髪《かみ》にキャップをかぶり、風船を売っていた。

丸い風船もあれば、ハートの風船もある。

「いるか、買うのか?」

なんだか、柳田《やなぎだ》はいやそうな顔をしていた。

もう。別《べつ》に、柳田におねだりするわけじゃないよ。

するとお兄さんはニコニコしながら、わたしたちを手招《てまね》きする。

柳田とわたしは顔を見あわせ、お兄さんに歩みよった。

「ほら、これ持って」

お兄さんは赤いハートの風船を柳田に手わたす。

「え? いや、おれ、別に買うつもりじゃ」

柳田があわてると、お兄さんは笑《わら》う。

「ちがうよ。きみから、その子にわたしてあげな。お金はいいから」

柳田の目が丸く見ひらかれた。

きっと、わたしもおなじ顔をしているんだろう。

「ほら」

お兄さんにうながされるけど、柳田は手をのばさない。

むしろ、うしろのほうに持っていっている。

な、なによ、それ。ひどい！

わたしが心のなかで泣《な》いていると、お兄さんが柳田《やなぎだ》の手をとった。

「ほら」

そして、柳田に風船を持たせる。

「その子にわたすだけだから」

「う、うう」

柳田《やなぎだ》はへんな声をだしていた。

そんなに、いやなの〜。わたすだけなのに〜。

けど、わたしのほうをむき、

「はい」

と、一瞬《いっしゅん》だけど目を見て、ちゃんと、わたしに赤い風船を手わたしてくれた。

「あ、ありがとう」

お兄さんは「かたいな、ぼく」とキャップのつばに手をやった。

「あ、あのいいんですか？」

わたしがたずねると、お兄さんはただ、ほほえんでいた。

「ありがとうございます」

ふたりでお礼《れい》をいい、わたしたちはゲートをでた。

わたしには、あのお兄さんが人間のすがたをした天使《てんし》に見えた。

きっと、わたしと柳田《やなぎだ》に、がんばっておつきあいしなさいって意味で、この風船をわたしてくれたんだ。

絶対《ぜったい》にそうだ。風船をぎゅっとにぎった。

バス停《てい》で列のうしろにならぶと、柳田が、

「それ、持ってかえるってことだよな」

と、聞いてきた。

なんで、そんなあたりまえのことを聞いてくるのかよくわからないんだけど。

帰りのバスは混《こ》んでいて、ふたりで立っていた。

わたしは、天井《てんじょう》にぶつかる風船を見あげる。

柳田は、はずかしそうだった。

そっか。

だから、わたしが風船売り場に目をやったとき、態度《たいど》がへんだったんだ。

柳田、これはただの風船じゃないからね。

柳田からもらった、わたしの大切なたからものだからね。

空気がぬけても、おりたたんで、きれいな箱にしまっておくからね。

バスをおりた。

あかね色の空がひろがる。

柳田《やなぎだ》は、ずっとわたしの風船が気になっているようだったけど、だんだんあきらめてくれたみたい。

「すっかり、夕方だな。いい一日だったな」

柳田はしみじみと赤くなった空を見あげていった。

いい一日。

わたしもまったくおなじ気持ち。

ううん、いい一日どころか、最高《さいこう》の一日。

いままで生きてきたなかで、一番しあわせだった一日。

胸《むね》の奥《おく》が、いままで経験《けいけん》したことのない感触《かんしょく》になる。

ふわあとして、あたたかくて。なぜか、泣《な》きそうで。

え？　なんで、泣きそうになってるの？

柳田《やなぎだ》がいて、しあわせなのに。

バス通りから、わたしたちの家のある住宅街《じゅうたくがい》に入った。

そうか、ここまで来たら、もうちょっとなんだ。

あとちょっとでお別《わか》れなんだ。

柳田とは、あした、また学校で会える。

でも、ふたりきりになって、きょうみたいな特別《とくべつ》な時間をすごすってことは、あしたは絶対《ぜったい》にない。

たぶん、あさってもない。

学校では、ふたりきりになれないし、柳田は男子とさわぐか、もしくは西尾《にしお》さんとむずかしい話をするとかで。

柳田の横顔を見る。

その瞬間《しゅんかん》、自分でもびっくりするような感情《かんじょう》があふれだした。

その感情《かんじょう》は、自分でもなんだかよくわからないものだった。

けど、一度あふれだすと止まらなくなり、洪水《こうずい》のように、つぎからつぎへと流れがおしよせてきた。

「柳田《やなぎだ》」

「うん？」

「ねえ、つぎは？」

柳田の顔つきが変《か》わった。

変わってるのにもかかわらず、わたしのよくわからない感情はとめどなくあふれつづけ、止まらなくなってしまった。

「つまり、その、来週の日曜日はってことで。あ、別《べつ》に、きょうみたいに遠くだとお金もかかるから、図書館とかは？　あと、公園とか？　あ、今度の日曜日、うち、お母さんいないんだ。わたしの家で遊ぶとか」

いいおわった瞬間《しゅんかん》、柳田の苦《にが》いものでも食べたような顔を見て、はっとわれにかえった。

まずい！

とんでもないことをいってしまったんだ。

柳田《やなぎだ》が顔をそらして答える。

「来週は塾《じゅく》があるから」

「何時から何時？」

「帰ったら、復習《ふくしゅう》もしないと」

「そっか」

だめだ。これはどうしようもないことなんだ。

そう理解《りかい》しようとした。

けど、気がついてしまった。

柳田の家の前まで、あと少しだ。二百メートルも、もうないかも。

そこに気づくと、どうしてもそれまでにつぎの約束《やくそく》を決めないと、と、あせりだした。

別《べつ》に、つぎの約束を決めないと大変《たいへん》なことがおきるってわけじゃない。

でも、なんだかわからないけど、どうしても柳田の家に着くまでに約束を決めたい。

「柳田なら、復習なんていらないよ」

「へ？」

「頭いいもん。復習《ふくしゅう》しなくてもだいじょうぶだって」

柳田《やなぎだ》は唖然《あぜん》としていた。

しまった！　すごくまぬけなことをいってしまった。

でも、いってしまったことは、もうもどらない。

柳田は「ふう」と軽く息を吐《は》き、強い口調でいいだした。

「いるか。おれは、こう見えても、けっこう努力《どりょく》してるんだよ。かなり真面目《まじめ》に復習しているんだ。だから、それなりの成績《せいせき》なんだよ。あ……」

柳田もしまったというか、嫌味《いやみ》なことといって失敗《しっぱい》したという顔をした。

柳田は自分の努力を人に見せない。

そこを大切にしている。

なのに、わたしが、くるわせてしまったんだ。

そこまでわかっていながらも、どうしようもない感情《かんじょう》がわたしをおそいつづける。

どうにも止まってくれない。

「ち、ちっとも嫌味《いやみ》じゃないよ。本当のことだもん。わたしのほうこそ、勉強のことと
か全然《ぜんぜん》わからないのに、口出ししてごめん。ねえ、どこかに行くのがむずかしいなら、
交換日記《こうかんにっき》だけは返事を書いてくれないかな?」
すがるような思いだった。
デートができないなら、せめて日記だけは。
おつきあいがつづいているという証拠《しょうこ》だけはほしい。
そうじゃないと、このしあわせがこわれていきそうで、こわい。
そのとき、へんな声が聞こえた。
「うざいな」
それはとても小さな声だった。
一瞬《いっしゅん》、空耳かと思った。
でも、だれも近くにいなくて、いるのは柳田《やなぎだ》だけで。
「ふたりでがんばろうね」
なんだか、わからないけど、こわくて、そう口にしてしまった。

「なにをがんばるんだよ」

「それは、その……」

おつきあいを、というつもりが、どんどん声が小さくなり、いえなかった。

あと五十メートルぐらい。この二軒《けん》先が柳田《やなぎだ》の家。

どうする？　どうすれば、柳田とおつきあいをつづけられる？

なにか、なんでもいいから方法《ほうほう》ないのかな？

自分で自分があさましくすら思えた。

いままで、自分で自分をばかとかアホとか思ったことはあるけど、あさましいと思ったことはなくて、それは、ちょっとショックなことだった。

そして、気がついたら、自分でも想像《そうぞう》もつかないようことを口にしていた。

「柳田、行動してよ！」

「はあ？」

柳田はわけがわからないといったふうだ。

「わたしは、わたしなりに動物園とか、交換日記《こうかんにっき》とか、悪い頭でたくさん考えていてさ……、だから、だから、柳田《やなぎだ》もなにか……」

柳田とおなじように、わたしもわけがわからなかった。

こんな、すてきな日なのに、どうしてこんなへんな気持ちになってるのか、さっぱりわからない。

そのとき。

「なんか、めんどうくせえな」

柳田は本当にめんどうくさそうな顔をしていた。

それが、わたしはすごく悲しかった。

「めんどうくせえ？　って。ねえ、さっきもいったでしょ、小さな声で、うざいなって」

「ああ、いった。めんどうくせえし、うざいし、とにかくそういうことだ」

柳田はいいきった。

「とにかくそういうことって、なにがどう、そういうことなの？」

「いいか、おれにはおれの生活《せいかつ》スタイルがある。好《す》ききらいがある。おまえの相手ばかりできない。あわせてばかりもいられない。おれは自分のペースをみだされるのが、みだしてくるやつが、一番いやなんだよ！　わかれよ！」
どなられた瞬間《しゅんかん》、手から力がぬけた。
赤い風船が赤い空に飛んでいく。
声がでない。
一番いやなんだよ。
いまの、うそだよね。
そうだ！　さっきまでのしあわせな時間が本当で、いまの時間はうそなんだ。
きっと、きっと、そうだ、そうにちがいない……。
自分で自分にいいきかせる。
でも、そんなことはなく、これは本当の時間で、現実《げんじつ》だった。

柳田《やなぎだ》は立ちつくしているわたしからぱっと視線《しせん》をはずした。
「弁当《べんとう》うまかったよ、じゃあな」
それだけ口にして、自分の家に入っていった。
たおれたかった。
たおれたら、柳田は家からでてくる気がしたから。
でも、たおれることはなく、わたしは自分の家にむかって歩きだした。
歩けている自分が不思議《ふしぎ》だった。

柳田《やなぎだ》くんのぼやき　その②

「おお、おかえり、貴男《たかお》。動物園どうだった？」

玄関《げんかん》でくつをぬぐと、ちょうどトイレから父さんがでてきた。

「楽しかったよ」

帰りのバスまでは。と、心のなかでつけたした。

部屋に行こうと階段《かいだん》をあがると、リビングでの父さんと母さんとの会話が聞こえてきた。

「貴男、帰ったぞ。しかし、男どうしで動物園ってほほえましいな」

「ふだん、生意気《なまいき》いってても、やってることは小学生ね」

手芸《しゅげい》や稲葉《いなば》と行ったことになっているからな。

そして、自分の部屋に入るなり、気をうしなうようにベッドに顔からたおれこんだ。

なんで、あんなこといっちまったんだろ。

途中《とちゅう》から自分でも、なにいってるかわからなかったけど、おれ、かなりひどいこといったよな。

いるかと一緒《いっしょ》だから、よくも悪くもトラブルはおきるだろうとは予測《よそく》していたけど、まさかこんなオチになるとはまったく想像《そうぞう》していなかった。

行かなきゃよかったのかな。

ことわればよかったのか。

いや、おれもいるかと動物園に行きたかったんだ。

だから、途中《とちゅう》まではすごく楽しかったじゃないか。

そうだ！

帰りぎわ、いるかがあのへんな言葉を口にするまでは、おれは楽しかった。

そして、いるかも絶対《ぜったい》に楽しかったはずだ。

なのに、なんで、あいつ、あんなへんなこと口にするんだよ。

ねえ、つぎは……って。

こんな楽しい一日はひさしぶりだと、しみじみ夕焼《ゆうや》けを見ていたら、いるかがいいだしたんだ。

そして、公園だ、図書館だ、あたしの家だとつづけだした。

日曜日がだめなら、交換日記《こうかんにっき》ぐらいは、とか。

しかも、行動しろって、意味わからねえよ。

おれは、そういうことをどんどんいわれながら、妙《みょう》なこと考えてしまった。

どこまで、要求《ようきゅう》されつづけるんだよって。

まるで、塾《じゅく》の先生じゃねえか。

塾の先生は、おれが全国模試《ぜんこくもし》で百位《い》になったら、つぎは五十位ね、四十八位になったら、そのつぎは十位を目指せってなる。

それがものすごくイラっとくるときがあるんだけどさ。

いるか、おまえは、塾の先生じゃないだろ。

おれからすれば塾《じゅく》の先生とは、もっとも正反対なやつだろ。

バードランドの鳥とはちがって、あみのなかじゃなく、どんくさいけど、自由に空を飛《と》んでるやつじゃねえか。

なんで、そのおまえが、おれを息苦しくさせるんだよ。

ひょっとして「おつきあい」って、いるかの願《ねが》いを聞き、いるかをずっとよろこばせつづけなきゃいけないってことなんじゃねえか。

それが、「ふたりでがんばろうね」ってことなんじゃないか？

そう考えちゃったんだよ。

けど、いま家で、この部屋で、ひとりベッドにたおれこむと体の力がぬけて、冷静《れいせい》になれる。

おれのさっきの発想《はっそう》は妙《みょう》というか、極端《きょくたん》すぎた。

極端すぎる受けとりかたをし、結果《けっか》、いいすぎていた。

いや、いいすぎというより、日本語をまちがえたんだ。

「おれは、きょうはすごく楽しかった。かさのときも、帰り道なにもしゃべらなかったけど、本当はちょっとうれしかったんだよ。でも、いるかの要求《ようきゅう》につぎつぎにこたえられる度量《どりょう》は、おれにはないよ」

そういえばよかったんだよな。

いるかだったら、「そうか、そうなんだね」って、きっとわかってくれたはずだ。

いや、さっきの調子だと、すぐには無理《むり》かもしれないけど、数日後には、「柳田《やなぎだ》のいいたいことよくわかったよ」って笑《わら》ってかえしてくれたはずだ。

しかし、いまさら気づいても、もうおそい。

あいつ、おれがひどいこといったとき、すげえ真っ青で、こおったような顔をしていたよな。

このまま、たおれちゃうんじゃないかっていうぐらいに。

どうする？

どうすればいい？

あやまるか？

でも、あやまってすむ問題《もんだい》か？

いや、もう、とにかくあやまるしかねえだろ。
そうだ！
ベッドからはねあがり、机《つくえ》の引きだしをあけた。
交換日記《こうかんにっき》。
おれは、机の前にすわり、日記をあけた。
ここに書いてわたすんだ。
おれがいいたかったのは、そんなことじゃないんだ。
全然《ぜんぜん》ちがうんだ。
シャープペンシルをにぎる。

いるか、さっきはひどいこといった。
うざいなとか、めんどうくせえなとか、一番いやなんだとか、
ここまで書いて呆然《ぼうぜん》とした。

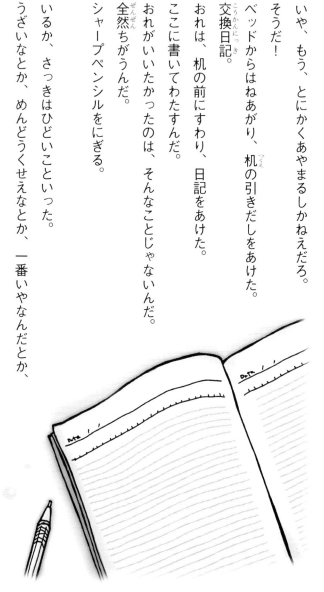

おれ、かなりひどいこといってたんだな。

しかも、あの、いるかの真っ青にこおりついた顔。

だめだ。

なにがだめかというと、ここにいろいろ書いて、いるかにそれをわたすっていうのが、おれにはかなりきつい。


はじめて知った。

だれかを傷《きず》つけるって、自分にとってもきついことなんだな。

人を傷つけるって、自分をも追いつめていくのかもしれない。

前のページをそっとめくった。

いるかの書いた「ふたりでがんばろうね」が目に入る。

おれはぎゅっと目をつむった。

いるかの書いた文字を読む度胸《どきょう》もない。

あのとき本当にいいたかったこと

「ただいま」

玄関《げんかん》で靴《くつ》をぬぐと力がぬけ、その場にしゃがみこんだ。

ええと、つぎになにするんだっけ。

手を洗《あら》うんだっけ？　うがい？

あ、リュックおろそうかな。

「いるかちゃん、しっかりして」

フェアリーがあらわれた。

こういう表情《ひょうじょう》どこかで見たよね？

そうだ、ドラマで、山で遭難《そうなん》して眠《ねむ》りかけている人のほおを、「寝《ね》るな、しっかりしろ」ってたたいていた人。

いまのフェアリーみたいな顔をしていた。

わたし、そうとう、あやういのかな？

「フェアリー」

「うん？」

「なにしていいかわからない。現実《げんじつ》が受けとめられない」

「ええ！」

フェアリーはおどろいていた。

「とりあえず」

わたしは、階段《かいだん》をのぼり、自分の部屋に入った。

ひとりになりたかった。

じゃない、フェアリーとふたりきりになりたかった。

「よっこいしょ」

カーペットに正座《せいざ》をした。

なんで正座《せいざ》なのかわからないけど、そういう気分だ。

「いわれちゃったね」

「いるかちゃん……」

フェアリーが心配そうにわたしのそばに飛《と》んできた。

「なんか、すっきりしたかも」

「ええ?」

「柳田《やなぎだ》に、一番いやなんだよっていわれた瞬間《しゅんかん》、それこそ心にナタが刺《さ》さったぐらいに傷《きず》ついたよ。でも、自分でも、どこかわかっていたのかもしれない。おつきあいをするってなってから、わたし、おかしかったじゃん。いきなり、かさ持っていって、道のまんなかで立ちどまったり。西尾《にしお》さんにわけのわからない文句《もんく》をいおうとしたり」

「まあ……ね」

「フェアリーは、口だけおつきあいでじゅうぶんだよって途中《とちゅう》でいってくれたのに、せっかくだからもうちょっとって。このもうちょっと、もうちょっとが柳田からすれば、一番いやな子になってたんだよ」

「けっこう、冷静《れいせい》だね、いるかちゃん」

「どこかでわかってたんだよ。自分からすれば、かなりハードルの高いことしているって気づいていた。でも、認《みと》めたくなかった。だって、柳田《やなぎだ》とおつきあいなんて、夢《ゆめ》みたいで。五人にひとりとかさわいでたけど、そんな算数みたいなこと、本当はどうでもよかったんだよ。柳田だから、相手が柳田だから、このしあわせをつづけたいって必死《ひっし》になっちゃったんだよ。相手が柳田じゃなかったら、どうでもいいことなんだよ！」

どんどん口調《くちょう》が強まっていき、最後《さいご》はかなり感情的《かんじょうてき》になっていた。

「いるかちゃん」

フェアリーが背中《せなか》をさすってくれる。

フェアリーの小さな手はとてもあたたかくて。

正座《せいざ》していたひざに、涙《なみだ》が一滴《てき》落ちる。

ひざの上の涙を見てはっとした。

そうだ、相手が柳田だから、とまどうし、うれしいし、あさましくもなるし、そして、いま、悲しい。

「フェアリー。エレベーターが止まったことがすべてのはじまりだった。でも、もうおわっちゃった」

へへと無理《むり》やり笑《わら》う。

「いるかちゃん……。あれ、でも、そうなのかな？」

フェアリーが背中《せなか》をさするのをやめて、腕《うで》を組んで考えだした。

「え、なに？」

「いや、エレベーターがすべてのはじまりだったのかなって？」

「え？　ええ？」

「エレベーターがはじまりなんじゃなくて、いるかちゃんの柳田《やなぎだ》くんへの想《おも》いが、すべてのはじまりなんじゃないかなって」

そのとき、体中に電気が走った。

エレベーターがはじまりなんじゃない。

そうだ。

わたしはずっと前から柳田のことを好《す》きで、たまたま、お母さんの雑誌《ざっし》を読み、エレベーターが止まったってだけで、それで、あんなことを口にしてしまっただけで。

本当は……本当は……。

「どうしたの、いるかちゃん。体がかたまって目だけあいちゃって。ねえ、ちょっと、しっかりして?」

「まちがえた」

フェアリーがわたしのほっぺを軽くたたく。

「え?」

「エレベーターとまったときにまちがえた」

「え? なにをまちがえたの?」

「言葉だよ」

「言葉?」

「柳田《やなぎだ》、あのとき、『ここでたらなにしたい?』って聞いてきたじゃん」

「うん、そうだけど」

「わたしがいいたかったのは、おつきあいじゃない」

「ええ？」

「たまたま、お母さんの読んでるへんな雑誌《ざっし》に影響《えいきょう》されたってだけで、本当はそうじゃない」

「じゃあ、本当はなんていいたかったの？」

「わたし、ここからでられなくてもいい。だって、柳田《やなぎだ》のこと大好《だいす》きだから。そういいたかったんだよ」

なんで、いままで気がつかなかったんだろう。

というより、いまになって、こんなことに気づくとは……。

「いるかちゃん！」

フェアリーが突然《とつぜん》、大声をだした。

「び、びっくりした。心臓《しんぞう》止まるかと思ったじゃん！」

「すばらしすぎる」

「へ？」

「いまのいるかちゃんの言葉に、フェアリー、ちょっと体に電気、走ったかも」

「ええ？」

すると、フェアリーはまたまた腕《うで》を組み、ものすごいエネルギーでなにかを考えはじめた。湯気《ゆげ》がでるぐらいに考えている。

どうしちゃったんだろう？

そして、ぱっと目をひらいた。

「いってみる？　柳田《やなぎだ》くんに」

「は？」

「いまの言葉だよ。『エレベーターからでられなくてもいい。だって、柳田のこと大好《だいす》きだから。』あのとき、そういいたかったんだよって」

フェアリーと目があう。

その爆弾《ばくだん》のような提案《ていあん》に、わたしは一瞬《いっしゅん》、言葉をうしなった。

「え……。そ、そんなこと、わたし、はずかしくていえないし、いえたとしてもたおれちゃうし、も、もしいえたとしても、柳田もびっくりして、救急車《きゅうきゅうしゃ》で運ばれちゃうんじゃない？」

「でもさ、それを伝《つた》えることが柳田くんにとっては、一番わかりやすいかもよ。結局《けっきょく》、一番大切なことがぬけていたんだよ」

大《だい》好《す》きだから、
となりにいたい。
その気持ちが、
すべてのはじまり。

フェアリーの言葉に耳がぴくんと動く。

「一番大切なことがぬけていた?」

フェアリーがしっかりとうなずいた。

「いるかちゃんの、柳田《やなぎだ》くんが好《す》きっていう気持ちだよ。いまは、おつきあいのことしか言葉にしていないじゃない。好きだからおつきあいしたいんでしょ? 柳田くんに、そこを伝《つた》えたほうがいいかもよ」

「え、な、なんていうか、柳田、少しはわたしの気持ちに気づくというか、好意《こうい》のようなものがあるから、おつきあいにOK《オーケー》してくれたんじゃないの?」

「いや、ふつうはそうなんだけど、柳田くんの場合、なんで、そんなことをいわれたのかがわかってないんだよ。だから、ここは、もう、伝えるしかないかもしれない」

「そんなこと伝える勇気《ゆうき》ないよ。『おつきあいしたいような』っていえたのも、いろんな偶然《ぐうぜん》があって、いきおいがあって、あの日はなんだか気持ちが、キセキのように積極的《せっきょくてき》になれて、それでも、もごもごしてたじゃん? それに、もし伝えられたとしても、柳田、さらに混乱《こんらん》するんじゃない?」

するとフェアリーが天井《てんじょう》をあおいだ。

「なんかさあ、柳田《やなぎだ》くん、少し変《か》わった気もするんだよね。おぼろげだけど、『こういうのがおつきあいなのか』って、どこかで感じはじめているというか。『いるかとふたりでがんばるってこういうことなのかも』とか、考えているようにも見えるし。ひょっとしたら、いるかちゃんが『おつきあいしたい』っていってしまったことが、案外《あんがい》、いい刺《し》激《げき》になったのかも」

そ、そうなの？

柳田、変わりつつあるの？

あ、でも、エレベーターからでたあと、かさを持っていったときの帰り道、交換日記《こうかんにっき》をわたしたあとの電話、そして、動物園。

たしかに、少しずつだけど、やわらかくなったというか、優《やさ》しさとかリードみたいなものが生まれはじめたというか。

柳田なりに、階段《かいだん》を一段ずつのぼってくれているような。

ああ、でも二段目か三段目で、わたしは一番いやな存在《そんざい》になっちゃったんだ。

がっくりうなだれる。

けど、フェアリーはまだ、さっきの爆弾《ばくだん》のような提案《ていあん》にこだわりつづけていた。

「ひょっとしたら、どうしているかちゃんが、おつきあいしたいってエレベーターでいったのか、そこは、ちゃんと伝《つた》えるのが誠意《せいい》なのかもよ」

「せ、誠意って。けど、一番いやだとかいわれて。そんな、告白《こくはく》のような勇気《ゆうき》はもうないよ」

「う〜ん、たしかに、あのけんかのあとに伝えるってのは、いちかばちかみたいになっちゃうのかな？　でも柳田《やなぎだ》くんは、いるかちゃんに『おつきあい』って言葉をだされてから、柳田くんなりに、なやんでいるんだと思うんだ。なやませたのはいるかちゃんなんだから、どうしてそういうことといったのか、きちんと説明したほうがいいのかなって」

「でも、その説明が告白になっちゃうんだよ。いまの状態《じょうたい》じゃいえないよ」

フェアリーは、またもや「う〜ん」となっていた。

もう、どうすればいいいいの！

すると……。

「いるか〜、動物園から帰ったの〜？　だったら、お弁当箱《べんとうばこ》あらいなさ〜い」

階段《かいだん》の下からお母さんの声が聞こえてきた。

しまった！

リュック、玄関《げんかん》においたままだった。

「フェアリー、この話は、またあとで！」

わたしは部屋をでて、階段をかけおりた。

もう、胸《むね》がいっぱいです！

そして、翌日《よくじつ》。月曜日。

きのうはフェアリーといろんな話をしたけど、結局《けっきょく》、これだという解決方法《かいけつほうほう》は見つからないままだ。

フェアリーは、本当の気持ちを伝《つた》えることをすすめてくるんだけど、そんな度胸《どきょう》はないですよ～。

いつものように学校に行き、朝のホームルーム、授業《じゅぎょう》、休み時間と、学校生活は進んでいくけど……。

柳田《やなぎだ》とは、目があうことすらなかった。

おなじ教室なのに、おなじ空間にいるのに、男子と話したり、授業を真面目《まじめ》に聞いたりしている柳田《やなぎだ》が、なんだかとても遠くに感じる。

きのうはあんなに近くに感じたのに。

どうして、こうなっちゃったの？

つぎの日曜日とか、ああいうことをいわなければよかったんだ。

しあわせって、罪《つみ》かもしれない。

だって、人をもっと、もっと、っていう気持ちにさせちゃうもん。

休み時間にひとりで席《せき》にすわってそんなことを考えていると、みんながぞろぞろと廊《ろう》下《か》にではじめた。

そうか、つぎは音楽で移動教室《いどうきょうしつ》だっけ。

教科書とリコーダーを持ち、わたしも廊下にでた。

みんなでわいわいがやがやと廊下を歩くと、遠くを歩いている柳田のとなりに西尾《にしお》さんがすっとならんだ。

なんの話しているかわからないけど、柳田、楽しそうだ。

話があうんじゃない？

というか、なんかお似合《にあ》いだよね。

すると、フェアリーの声がした。

「いるかちゃん、弱気になっちゃだめ。もう、ここまで来たら、覚悟《かくご》を決めて！」

無理《むり》だよ。

もう、オーラでわかるよ。

やっぱり、柳田に完全《かんぜん》にきらわれた気がする。

「どうした、いるか」

横を見ると、いつのまにかジジイがいた。

「最近《さいきん》、元気がないように見えるが、なにかあったか？　あったら、いつでもワシをたよってくれ」

ジジイはそういって、にかっと笑《わら》った。

はっきりいって、ちょっと気持ち悪い。

でも、なんだか、とてもいいやつにも思えた。

「ありがと。そうするよ」

「な、なに、本当か！」

するとジジイは、大はしゃぎで、なんの意味があるのか、いきなり廊下《ろうか》でリコーダーをふきながらぐるぐるまわりだした。

みんなが、どっと笑《わら》う。

すごくしあわせそうだった。

わたしも、きのう動物園からでるまでは、帰りのバスをおりるまでは、しあわせだったんだよ～。

結局《けっきょく》、月曜日は柳田《やなぎだ》と目があうことすらなかった。

火曜も、水曜も、木曜も、金曜も、状況《じょうきょう》はまったく変《か》わらない。

なんか、「いるか、そばにくるんじゃない」って、背中《せなか》や横顔でいわれている気がする。

もうフェアリーのいうような、言葉をまちがえたことの説明、つまり、告白的《こくはくてき》なことをするなんて、絶対《ぜったい》に無理《むり》！

それどころか、日常会話《にちじょうかいわ》すらできない。

このままいくと、一生しゃべれないような予感《よかん》までしだした。

そして、日曜日。

お母さんはいっていたとおり、おでかけだった。

家のなかが、がらんとする。

先週の日曜は人生で一番しあわせな日だったのに、きょうは、家のなかだけでなく、わたしの心もからっぽ。

なにもすることがないので、おせんべいをばりばり食べながら、リビングでテレビを見たり、本を読んだりしていた。

ピンポーン。

チャイムが鳴った。

あ、そういえば、お母さんが、宅急便《たっきゅうびん》がくるかもしれないっていっていたっけ？

立ちあがり、玄関《げんかん》をあけた。

でも、そこに立っていたのは宅急便の人ではなかった。

柳田《やなぎだ》だった。
一週間ぶりに目があう。
いつものようにクールにも見えるし、
なんだかシリアスなふうにも感じる。
な、なにしに来たの柳田？
まさか。
わたしが、つぎの日曜日はお母さんいないって、いったから？
遊びにきてくれたの？
ばか、いるか。
そういう発想《はっそう》が、きらわれちゃうんだって！
すると、柳田がななめにかけているバッグから、ノートをとりだした。
それは……交換日記《こうかんにっき》。
柳田がわたしの前にだす。
「このあいだは、いいすぎた。ごめん」

直感《ちょっかん》した。
すごく、むしのいい直感かもしれない。
でも、たぶん、そうだと思う。
これは、いま、この場の思いつきででた「ごめん」ではない。
ずっと、いおうとしてくれていた「ごめん」なんじゃないかな？
だって、柳田の顔にそう書いてある。
「ううん、わたしこそ」
ノートを受けとり、胸《むね》の前でかかえようとすると……はっとした。
わたしの服、胸《むね》やおなかのあたりがおせんべいのかすだらけ！
「へへへ。おやつタイムだったんだ」
わたしはノートを持っていない手で、あわててはたいた。
柳田はあっけにとられて、わたしを見ていた。
でも、次第《しだい》に、ははと笑《わら》ってくれた。
わたしもおせんべいのかすをはたきながらつられて、ははと笑う。

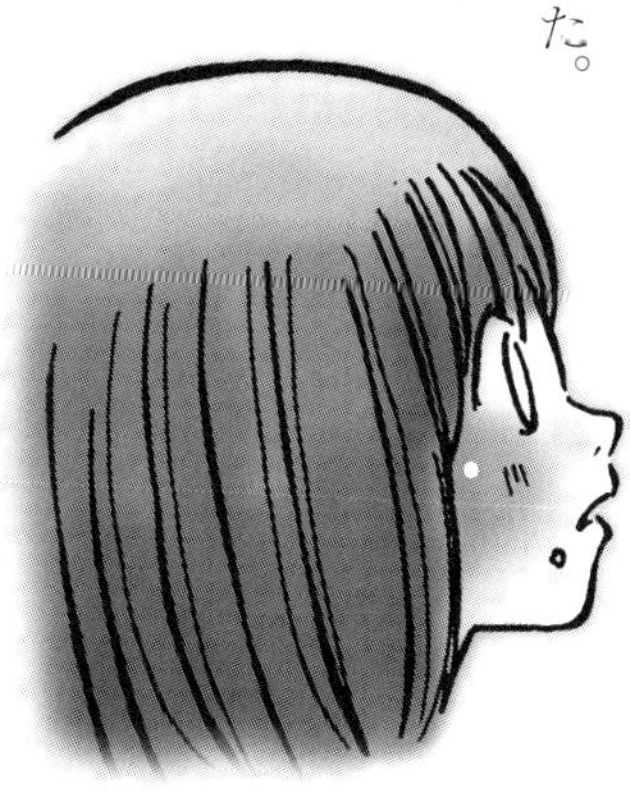

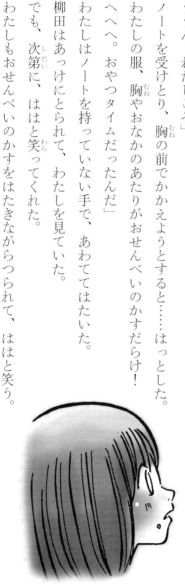

すると、わたしと柳田《やなぎだ》のあいだにふわりとした空気が流れだした。

「じゃあ、おれ、これから塾《じゅく》だから」

「うん」

柳田が背《せ》をむけた。

「ねえ」

柳田がふりかえる。

「帰ったら、復習《ふくしゅう》もしたほうがいいよ」

「おまえにいわれたくねえよ」

柳田は笑《わら》いながら手をふってくれた。

わたしは、日記を胸《むね》にだきながら、自転車で塾にむかう柳田を見送る。

そして、見えなくなると……。

家に飛《と》びこんだ。

階段《かいだん》をかけあがり、自分の部屋のドアをあけ、ノートを学習机《がくしゅうづくえ》におく。

自分もすわる。

柳田《やなぎだ》、なんて書いてくれたんだろう。

「いるかちゃん、よかったね」

フェアリーがあらわれた。

「あ、フェアリー。よかったよ、本当によかった。きらわれてなかった。おつきあいもだめになってなかった」

わたしはどきどきしながらノートをひらこうとした。

けど、手におせんべいのかすが残《のこ》っている。

すぐに立ちあがり、階段《かいだん》をおり、洗面所《せんめんじょ》にむかった。

「なにしてるの、いるかちゃん？」

フェアリーが追ってくる。

「きれいな手で読みたいの！」

洗面所で、せっけんをつかってていねいに手を洗《あら》い、タオルできちんと水滴《すいてき》をふいた。

だって、日記に水がついたら、大変《たいへん》だから。

ふたたび、階段をかけあがり、学習机《がくしゅうづくえ》の前にすわった。

「さあ、いるかちゃん、今度こそ」

「うん」

ノートをひらく。

はじめに、わたしが書いた文があり、そのつぎのページ。

そこには……。

いるかへ。
このあいだは悪かった。反省《はんせい》している。
おまえは、ふたりでがんばろうっていってるけど、おれたちはいままでも、けっこう
ふたりでがんばったよ。
五年生のとき、光陽山《こうようざん》で遭難《そうなん》しかけたり。
クイズ大会でたり。
修学旅行《しゅうがくりょこう》でバスにのりおくれたり。
ただ、おれにはおれのペースがあるんで。

そこは、よろしく。


文はそこでおわっていた。

胸《むね》がいっぱいになる。

どうしよう。

どうすればいいんだろう。

これだけですか〜っていいたいぐらいの短い文章でもある。

でも、もう、これでじゅうぶんだ。

だって、この、消しゴムで何度も消したあと。

柳田《やなぎだ》、がんばってくれたんだね。

すると、フェアリーがうしろからのぞきこんできた。

「やっぱり、柳田くん、変《か》わりつつあるよ」

「フェアリーもそう思う？　わたしも思うよ。だって、これって、おつきあい、がんばろうぜ！　ってことだよね」

「いや、そこまで、そうはっきりと受けとっていいかどうかはわからないけど、自分といるかちゃんの関係《かんけい》みたいなことを、柳田《やなぎだ》くんなりに考えだしているよ」

「フェアリー、交換日記《こうかんにっき》やってよかったんだよ！　やりすぎじゃなかったんだよ！　まちがっていなかったんだよ！　あ、この舞《ま》いあがりぶりが、柳田のペースをみだしちゃうのかな」

わたしは舌《した》をだし、自分の頭をこつんとたたいた。

「とりあえず、仲直《なかなお》りできてよかったね、いるかちゃん」

「うん」

「いるかちゃん、すごくいい顔しているよ」

「本当？」

わたしは柳田の書いてくれた日記をそっとだきしめた。

胸《むね》の奥《おく》が、お砂糖《さとう》のようにあまい。

「おつきあい」って、なんなのかよくわからない。

エレベーターでのことも、軽率《けいそつ》だったのかもしれない。

かさを持っていったのも、やりすぎだったのかもしれない。
でも、柳田《やなぎだ》が日記を書いてくれた。
しかも、家まで来て、わたしてくれた。
きっと、この一週間、勉強の合間にいろんなこと、たくさん考えてくれたんだ。
それだけで、もういい。
本当にそれだけで、涙《なみだ》がでてくる。
フェアリーが、笑《わら》っていた。

あとがき

みずの まい

『お願《ねが》い！　フェアリー♡　好《す》きな人のとなりで。』を読んでくれてありがとう。

まさかの、いるかちゃんと柳田《やなぎだ》くんの展開《てんかい》、どうだった？

わたしは、この話を書いているとき、自分が興奮《こうふん》してしまって、もうだめでした（笑）。

読みなおすときも、いつもだったら喫茶店《きっさてん》に入ってハーブティーなどを注文し、心を落ちつかせてチェックするのですが、お店のなかで、ひとりで興奮してしまい、店員さんから見ると、かなりあぶないお客だったと思います。

こんな経験《けいけん》はあとにも先にも、きっと、この巻《かん》だけでしょう。

実は、今回のお話を書いたのには理由があります。

「お願い！　フェアリー♡」シリーズは、一巻《かん》が発売されてから、もう七年になりました。そのあいだに、たくさんのお手紙をみんなからいただきました。

以前《いぜん》は、「好きな男の子とうまく話せません」という内容が多かったのですが、いつのまにか……たぶん二年前ぐらいから、「おつきあいしているのに話せません」というお手紙が届《とど》きだしたのです。

わたしは、はじめ、びっくり仰天《ぎょうてん》しました。

と、いうのは、大人からするとおつきあいって、中学生ぐらいから経験《けいけん》するっていうイメージがあって、小学生でおつきあいするというのが、ピンとこなかったんだよね。

だけど、だんだんそういった声が増《ふ》えていき、これは「おねフェア」でも題材《だいざい》にするべきだと、わたしのなかで使命感《しめいかん》が生まれてしまったのです！

なんだか十八巻目《かんめ》になって、いきなりの新境地《しんきょうち》でした。

書きおわったあとに、これじゃあまだまだ足りないなと気づき、編集《へんしゅう》のみなさまが勧《すす》めてくださったこともあり、な、な、なんと、これ、続《つづ》きがあります。

いるかちゃんと柳田《やなぎだ》くんがどうなるのか、そして、ふたりのおつきあいに気づいてしまったジジイは、クラスのみんなも、どう反応《はんのう》するのか？　つぎの巻、ぜひぜひお楽しみに！

そして、「たったひとつの君との約束《やくそく》」シリーズ（集英社みらい文庫）、『おともだちにはヒミツがあります！』（角川つばさ文庫）もよろしくね。

わたしのおすすめ！

いちばん好《す》きな「お願《ねが》い！フェアリー♥」

今回で18冊目《さつめ》になる「おねフェア」シリーズ！ 読者のみなさんから、いちばん好きな巻《かん》を教えてもらったよ★ 今回はその中から1通、ご紹介《しょうかい》します。いつも応援《おうえん》ありがとう～！(^ ^)

★千葉県《ちばけん》のなな©の「いちばん好きな『おねフェア』」は…

17巻 11歳《さい》のホワイトラブ♥

何度も読んでしまうところは、128ページからのシーン！（柳田《やなぎだ》くんがいるかちゃんに○○○○○をわたすシーンだよ。未読《みどく》の人は、要《よう》チェック！ by編集部《へんしゅうぶ》）ここから134ページまでを読むと、まるで自分もいるかちゃんとおなじドキドキ体験《たいけん》をしたかのように、うれしくなります。「すごい！ わたしもこうなりたい！」と思っちゃいます。表紙もかわいくて、お気に入りです。

「いつも『おねフェア』のつぎの巻《かん》がいつ発売されるか楽しみにしています」とメッセージを添《そ》えてくれたなな©。ありがとう☆ 柳田くんのやさしさをぞんぶんに感じられる17巻、ぜひ読んでみてね！（編集部より）

お願《ねが》い！フェアリー♥ 11歳《さい》のホワイトラブ♥

冬がきた。もうすぐクリスマス！ わたし、なにかがおこる予感《よかん》がしてる。だって、片想《かたおも》いしてるクラスメートの男子、柳田の態度《たいど》が……なんだかいつもとちがうんだ。もしかして、恋《こい》する女の子が期待《きたい》しちゃうようなことが、おきちゃったり、するのかな？

みずの まい

神奈川県に生まれる。日大芸術学部中退。初めて書いた小説『お願い！フェアリー♡　ダメ小学生、恋をする。』でデビュー。同シリーズは 18 巻まで刊行中。他の作品に「お願い！フェアリー♡　番外編　西尾エリカの本音」（『キラキラ！』より）（以上ポプラ社）『たったひとつの君との約束〜また、会えるよね？〜』（集英社みらい文庫）『おともだちにはヒミツがあります！』（角川つばさ文庫）などがある。A型、魚座。
http://ameblo. jp/fairytoirukachan/

カタノ トモコ

宮崎県に生まれる。イラストレーター。「一期一会」「BABYJAM」のイラストで人気を得る。作品に『わたし、孤島そだち。』『恋のおまもり。』（アスキーメディアワークス）「みずたま手帖」シリーズ（ポプラ社）。さし絵の作品に「お願い！フェアリー♡」シリーズ『わたしはみんなに好かれてる』『わたしはなんでも知っている』『あの日、ブルームーンに。』（以上ポプラ社）などがある。AB 型、みずがめ座。http://mizutamacookie212.hatenablog.com/

お願《ねが》い！フェアリー♥ 好《す》きな人のとなりで。

2017年4月　第1刷
作　みずの まい　／　絵　カタノ トモコ
発行者　長谷川 均
編集　小櫻浩子・森彩子　／　デザイン　野田絵美・岩田里香
発行所：株式会社ポプラ社　〒160-8565　東京都新宿区大京町22-1
TEL　03-3357-2212（営業）　03-3357-2216（編集）
振替00140-3-149271　ホームページ　http://www.poplar.co.jp
印刷・製本　中央精版印刷株式会社

ISBN978-4-591-15428-1　N.D.C.913/230P/19cm

みんなのおたよりまってます♥

いただいたおたよりは編集部から作者におわたしいたします。

〒160-8565　東京都新宿区大京町 22-1
（株）ポプラ社　「お願い！フェアリー♡」係まで

お願《ねが》い!フェアリー♥

みずのまい・作
カタノトモコ・絵

※読んだ巻《かん》の♡に✓を入れてね。

♡ 1 ダメ小学生、恋をする。

♡ 2 はじめてのデートっ!?

♡ 3 告白は、いのちがけ!!

♡ 4 1日だけの永遠のトモダチ♥

♡ 5 転校生は王子さま!?

♡ 6 恋のライバルのヒミツ★

♡ 7 恋の真剣勝負!

♡ 8 海辺の恋の大作戦!

♡ 9 ファッションショーでモデルデビュー!?

♡ 10 コクハク♥大パニック!

♡ 11 修学旅行でふたりきり!?

♡ 12 ゴーゴー!お仕事体験

♡ 13 キミと♥オーディション

♡ 14 山ガールとなぞのラブレター

♡ 15 キスキス!ホームラン!

♡ 16 キセキの運動会!

♡ 17 11歳のホワイトラブ♥

♡ 18 好きな人のとなりで。

水野《みずの》いるか ファッションコンテスト 結果発表!

みなさん、こんにちは。
水野《みずの》さんのファッションセンスにあきれて
はじめたこのコンテスト。今回で、6回目の発表よ。
もうびっくりするくらい、たくさんのご応募《おうぼ》が
全国からとどいているの。水野《みずの》さんともども、
ほんとうに感謝《かんしゃ》しているわ。バッグからアクセサリーまで
考えたトータルコーデがあったり、水野さんのうしろすがたも
描《か》いてくれていたり。カラフルなコーデも最高《さいこう》ね!
エリカ宛《あ》てのお手紙もあって、とてもうれしいわ。
今回その中でえらばせてもらったのは、
埼玉県《さいたまけん》のMARON♥ちゃんのコーデよ!

わたしのおすすめ! いちばん好きな「お願い! フェアリー♥」 募集中《ぼしゅうちゅう》

この本で18巻《かん》になった「お願い! フェアリー♥」シリーズ。

みんながいちばん好きなのは、どの本?

気にいっている場面やセリフ、何度も何度も読んでしまうところ、好きなイラストがあったら、だれかにおすすめするつもりで、紹介《しょうかい》してみて!

あて先: 〒160-8565　新宿区大京町22-1
ポプラ社児童書編集部
いちばん好きな「お願い! フェアリー♥」係 まで

- ★「お名前」「ペンネーム」「年齢《ねんれい》」「住所」「電話番号」を書いてね。
- ★送ってもらったお手紙やハガキは、返却《へんきゃく》できません。
- ★巻末で、おすすめのメッセージを発表します。
- ★掲載《けいさい》させていただく場合は事前に、ご許可《きょか》と確認《かくにん》のご連絡《れんらく》をいたします。